文春文庫

東京會舘とわたし

（上）旧館

辻村深月

文藝春秋

東京會舘とわたし
上 旧館

目次

下 新館 目次

東京會舘とわたし

上

旧館

プロローグ

東京、丸の内。

皇居の隣、ちょうど二重橋の正門の真向かいに〝東京會舘〟という建物がある。

その東京會舘のレストラン、「シェ・ロッシニ」で、その日、白髪の紳士とスーツ姿の若い男が向かい合っていた。

テーブルの上には、二人分の飲み物とスマートフォン。録音機能を使っているため、スマートフォンの画面には秒数をカウントする数字がめまぐるしく動いている。若い男の手元には革張りの分厚い手帳が開かれ、右手に万年筆が握られていた。

平成二十七年一月三十一日。

席に面した大きな窓の向こうでは、東京で今年初めてとなる雪が舞っている。

雪舞う道路を挟んですぐの場所には皇居の立派なお濠(ほり)も見え、その前を、観光客を乗せた黄色いはとバスがさっきから何台も走っていく。丸の内ではよく見られる光景だ。

白髪の紳士が、そんな外の様子を静かに眺め、やがて、若い男の方に視線を向けた。

白い髪が、窓を通した薄曇りの陽光に照らされて銀色に透き通る。感慨深げに、そしてこう呟いた。

「いや、それにしても、驚きました」と。

「東京會舘を舞台に小説を執筆したいという申し出は、小椋（おぐら）先生が初めてです」

そう言われて、小椋と呼ばれた若者の方が苦笑する。

「僕のような者が僭越（せんえつ）なことを申し上げて……」

「いいえ。とても嬉しいです。どうぞよろしくお願いいたします」

東京會舘の創業は、大正十一年。

建物の主な役割は、一言で言えば宴会場だ。結婚披露宴をはじめ、政財界のパーティーや芸能界のスターによるディナーショーなど、これまでさまざまなイベントが執り行われてきた。また、文学賞の芥川賞・直木賞の記者会見や贈呈式が行われる場所としても知られ、レストランやバーにも著名人のファンが数多く通う。

百年近い歴史をこの場所で見てきた建物なのだ。

小椋が開いていた手帳のページをめくり、内容を目で追う。

「少し調べてみて驚いたのですが、東京會舘の創業は大正十一年なんですね。大正十一年と言えば――」

「はい。関東大震災の一年前、ということになります」

その言葉に小椋が居住まいを正す。そして大きなため息をついた。

「建物が完成してわずか一年で被災した、ということですか」

「はい。正確には十ヶ月後のことですね。大正十二年の関東大震災と、平成二十三年の東日本大震災。東京會舘は二度の大震災をこの場所で経験しました」

紳士が静かにゆっくり、まばたきをする。そして言った。

「それになんといっても、戦争に伴って建物が二度、私たちの手から取り上げられてありますからね」

「はい。それも調べてみて驚きました。東京會舘は、太平洋戦争前、大政翼賛会の本部になっていたそうですね」

大政翼賛会と言えば、近衛文麿が初代総裁を務め、東条英機がその後を継いだ公事結社だ。発足したのは昭和十五年。日本はそこから太平洋戦争に突入していく。

小椋の言葉に、紳士が「はい」と頷いた。

「その頃には、建物の名前が東京會舘から〝大東亜会館〟に変更されました。建物の前にも大政翼賛会の立て看板が置かれましてね。今、歴史の資料やインターネットで大政翼賛会を調べると出てくる写真の、あの建物が東京會舘の旧館です」

言いながら、紳士が目を細める。

「丸の内の、それも皇居の真向かいという立地から、何かと目をつけられやすかったたんでしょうね。戦争が終わってからも、今度は、會舘はGHQのものになりました」

その言葉に、小椋が手帳から顔を上げる。あたたかな照明の光に満たされたこの場所に、当時の面影は当然ながらもう微塵（みじん）もない。

大政翼賛会もGHQも、それに戦争も、三十代半ばの小椋にとっては歴史の教科書の中の出来事という印象しかない。この場所とその歴史が繋がっていることが、にわかには信じがたい。

紳士が小椋の反応を面白がるようにして微笑（ほほえ）んだ。

「GHQ接収時代の會舘の名前は、〝アメリカン・クラブ・オブ・トーキョー〟。将校たちのクラブになり、バーには、あのマッカーサーも何度かやってきたと言われています。彼らが愛したカクテルがいまだにここの名物メニューとして残っていますよ」

紳士の目が、悪戯（いたずら）っ子のように輝く。

「先生も後で、もしよろしければご一緒いたしましょう」

「それはとても嬉しいお誘いです」

社交辞令ではなく心から小椋が言うと、紳士が今度は、ほっほっ、と声を立てて笑った。「実は私も」と続ける。

「実は私も、その頃の東京會舘とは、幼い頃に縁がありましてね。少年だった時分に、母親に連れられて来たことがあります」

「そうなんですか？　それはすごい。当時の會舘には、なかなか一般の日本人は入れなかったのではありませんか？」

「それが、私の母親という人がしたたかな社交家とでも言いますか、英語ができて、将校の中に友人がいたんですね。その母に連れられて、今の東京宝塚劇場――当時は、アーニー・パイル劇場という名前で、演劇ではなく、映画を多く上映していましたが、そこに連れていってもらいました。東京會舘にも、その帰りに寄ったんです」

　七十代だという紳士の思い出話は楽しげだった。彼がまた目を細める。

「その当時はまさか、自分がその後、東京會舘の社長になるとは、夢にも思いませんでしたが」

　社長がそう言って、自分のすぐ後ろのテーブルに目配せをする。すると、横に控えていたウエイターが、視線の先に置かれていた黒塗りの盆をこちらに持ってくる。それが、小椋のすぐ前に置かれた。

「よろしければ、こちらも資料としてお持ちください。大正時代、創業してすぐの頃に、東京會舘で、ヴァイオリニスト、クライスラーの演奏会がありましてね。その時の芳名帳の写しです」

「拝見します」

　漆塗りの盆に載せられた紙を手に取る。飛び込んできた名前に目を見開いた。

澁澤栄一、金子堅太郎。

加藤高明、後藤新平、江木翼、高橋是清、根津嘉一郎、清浦奎吾、若槻礼次郎——。

小椋が咄嗟にわかる名前はそれぐらいだが、他に名前が並んだ人たちもまた、おそらくは当時の財界や政界に身を置いた人たちなのだろう。

「澁澤栄一に高橋是清ですか……。若槻礼次郎も」

筆跡がそれぞれ違う。力強い毛筆の文字も、線の細い万年筆で書いたような達筆も、それが写しだとしても充分に肉筆の迫力がこちらに迫ってくるものだった。この場所に、確かにこの人たちが集まり、そして演奏を聴いた日があったのだ。

「どうですか、お役に立ちますか」

「それはもう充分に。逆に、この場所を描くのに僕の筆が追いつくのかということの方が不安ですが」

東京會舘を舞台に小説を書く——。

この場所が見てきた百年の歴史を描く。

自分のような若造が僭越な申し出をしている、という自覚は充分にある。その申し出を快く受けてくれた會舘の役員、スタッフの人たちには頭が上がらない。

しかし、小椋にもそれだけの覚悟と思いがもちろんあった。芳名帳を元通りにしまいながら、社長に頭を下げる。

「きっと、この建物にやってきた人の数だけ、それぞれ、どんな思いでどういう時に来たのかという物語があると思うんです。それはお客さんの側にも、もちろん従業員の側にも」

今日も會舘のレストランは盛況だ。上の階では、スペシャルディナーショーが予定されているとも聞いた。活気あふれるロビーの方向を見ながら、小椋は続ける。

「結婚式やパーティー、長い歴史の中には、誰かの特別な思いが沁み込んだ日がたくさんあったと思うんです」

「小椋先生にも、そう思っていただけるような一日がありましたか」

「――もちろんです」

社長の言葉にすぐには答えられないくらい、小椋にとっても感謝している一日がある。手にした万年筆のキャップには、『M. Ogura』という小椋の名前と、ある日付が刻印されている。

『2012.7.17』というのがその日だ。

小椋にとっては生涯忘れられない日付であり、この日に寄り添ってもらったからこそこの建物を――東京會舘を書きたい、という気持ちに今なっている。

芳名帳の他にも、社長が用意してくれた資料はたくさんあった。モノクロの写真を広げ、それらをひとつひとつ眺めながら、小椋が話を聞いていると、ふいに、窓の外がさっと輝いた。

社長と二人、顔を窓の方に向ける。

「晴れそうだ」と、社長が呟いた。

その声を聞いて、小椋もまた、通りの向こうに広がる空を見つめる。

垂れ籠めた雲の合間からまだ雪は降っていたが、それと同時に黄色い光が微(かす)かに差し始めていた。

「もしよろしければ、屋上から景色をご覧になりませんか。今日は、この建物での最後の結婚式もあります」

最後の——、という言葉を、胸に刻む。

ずっと続いてきた東京會舘の歴史の中で、今日がまさに〝特別な日〟になるという人たちが、このレストランの中にもロビーにも、おそらくはたくさんいるはずだ。

「それは、ぜひ」

そう答え、スマートフォンの録音機能を切る。二人して、ゆっくりと立ち上がった。

テーブルの上に置いた、創業当時のものだという大正時代の東京會舘旧館が写る資料のモノクロ写真を見る。当時の建物の上に真っ白い空が広がっているが、この空が澄み渡った青い色をしていた時代が確かにあった。

遠い昔の空の色を想像しながら、小椋は、社長の一歩後ろを屋上へとついていく。

第一章
クライスラーの演奏会

大正十二年（一九二三年）五月四日

寺井承平は、朦朧とする意識の中で、混み合う電車の中から風呂敷包みの荷物を持ち、東京駅のホームに降り立った。

喉が渇いていた。

東京の五月はあたたかく、空には薄い青に透明な光が溶けたような明るさが満ちていたが、金沢から電車を乗り継ぐ旅の中で、寺井の目からはすっかり生気が抜け落ちていた。東京に到着したばかりだというのに、すでに疲れている。体がだるい。数日前から続く頭痛が、朝よりもさらにひどくなっている。

高熱を押して、故郷の両親と医者に外出を禁じられるのを逃げ出すようにして出てきたのだ。

手持ちの金も苦しく、持ち物も最低限だけ。日帰りになるのは体力的にも精神的にも厳しいが、今夜の宿も決めていない。

歩き出すと、背中をぶるりと寒気が襲った。目を閉じてここで倒れ込んで寝てしまったら、どれだけ楽だろう。思いながら、自分自身を奮い立たせるようにして道を急ぐ。晴天であっても、それが自分の体調の悪さには何の慰みにもならないことが恨めしかった。

目指すは、帝国劇場。

ヴァイオリニスト、フリッツ・クライスラーの音楽会。

1

寺井は一昨年まで東京に住み、作家を目指していた。

金沢にある寺井の生家はもともと呉服などを扱う商家で、父が県会議員を務めていた。そんな父が、息子にも同じ道を歩ませようと考え、寺井を明治大学の法科に進ませたのだ。

同じ大学の大先輩には、中退した菊池寛がいた。

そこからもう、寺井のその後は決まっていたと言ったら大袈裟だろうか。法科に在学しながらも、法律よりも文学に興味を移していった偉大な先輩の存在をなぞるようにして、寺井は上京してすぐから法科の勉強そっちのけで古本とレコードに夢中になった。

もともと、小説が好きだった寺井は、明大受験のその日にも、試験が終わってすぐ、神保町の交叉点近くにあると聞いて遠く憧れていた古本屋、岩波書店を見にいった。岩波書店の屋上には、開店にあたって岩波茂雄が夏目漱石に書いてもらったという、金字で象（かたど）られた看板がある。

漱石の書いた『岩波書店』の文字を前に、「ああ、この街に漱石がいたことがあったのだ。これからここで暮らすのだ」と晴れがましい思いがこみあげた。

大学に入学してしばらくすると、好きが高じて古書店やその近辺で催される文学好きの集会に出入りするうち、同好の士に恵まれるようになった。作家の家に書生として出入りしているような者も多く、彼らと文学談義をくり返すのは楽しかったし、誘われて、同人誌も何冊か発行した。目をかけてくれた編集者もいたし、その人のつてで文芸誌に小説が載ったこともある。

父が病に倒れた、という知らせを受けなければ、今でも東京に残って、それらの活動に没頭していただろう。小説を読むことと書くことが楽しすぎ――それに、趣味である音楽のレコードを聴いたり、音楽会に行くことにも忙しく、肝心の大学にはほとんど顔を出さなくなっていた。その後ろめたさもあって、親とは手紙のやりとりさえ遠のいていた。突然の病の知らせにはさすがに驚き、取るものもとりあえず金沢に戻ったが、寺井の心配に反して、父は思いのほか元気そうだった。

倒れた、というのは嘘ではなかったが、それは二、三日で回復するようなたいしたことがない風邪で、音信がない息子を呼び戻す口実だったのだとすぐにわかった。

小説を書くなんて聞いていない、と、寺井の語る文学を道楽と決めつける両親に、言いたいことは山ほどあったが、親の懐に甘えて、仕送りを受けながら法科の勉強を疎かにし、留年までしていたことは言い訳のしようがない。父親からは学費を打ち切られ、休学を申し渡された。

頭を冷やせ。心を入れ替えろ。さもなくば、故郷に戻って見合いして妻を娶れ、という両親に気圧される形で、寺井は半ば強引に金沢に連れ戻された。仕送りを打ち切る、と言われてしまっては、自分の小説の仕事だけではとても食べていかれなかったからだ。

作家仲間にはそんな寺井を「逃げるのか」と腰抜け扱いする者もいたが、寺井は彼らにも編集者たちにも、「いずれは戻る」とはっきり告げていた。

金沢に帰っても小説は書き続ける。出版社にも送る。

それらの評判がよければ、ふたたび東京に戻れる日も近いだろう。帝都は確かに文化の拠点であり発信地だが、何もそこにいなければ小説が書けないということはない。

しかし、寺井のそんな思いも空しく、金沢での時間は無情に二年が過ぎた。

かつて、詩人の室生犀星が「何とかして東京に出てなるかならぬか判らぬが、詩人として立ちたいのぞみを持ち」と上京してもしばらくはうだつが上がらず、郷里金沢との間の往復を強いられていたと聞くが、その気持ちが、寺井には今よくわかる。

当時の作家仲間たちは離れた土地に暮らす寺井を、同人誌にも遊びにもめっきり誘わなくなったし、「また連絡するよ」と言ったはずの編集者からも何の音沙汰もない。目をかけてもらっている、と思ってきたが、彼らがあの頃声をかけていたのは寺井だけではなかった。それにひょっとすると、彼らからしてみると、自分など、目をかけたにも入らない存在だったのではないだろうか。

この二年で、そんなふうに思い知るようになっていた。

仲間たちが作った同人誌は、既存の作家の真似のような、いかにも至らないありふれた表現と題材に満ちていたが、送られてくると、東京で流れる時間を見せつける目的でそうされたかのように感じて気分が沈んだ。破り捨ててしまいたくなったことも一度や二度ではなかったが、それらだけが東京の生活の名残のように、自分とあの場所を繋ぐのだと思うと容易にそうもできず、それがまた忸怩（じくじ）たる思いとなって胸を締めつけた。

寺井は二十四歳になっていた。

芥川龍之介が「新思潮」に『鼻』を書き、夏目漱石に絶賛された年を超えている。また、同年代・同郷の作家、島田清次郎の『地上』は部数三十万部を超えたベストセラーだと聞く。島田とは会ったことはないが、彼が自分の実家とほど近い金沢第二中学校の出身であることを知った時、どれほど激しく心がかき乱されたことか。

それなのに、寺井の胸には一向、新作を書こうという気持ちが起こらない。むしろ、そうした話を聞けば聞くほどに焦りと苦しさだけが募って原稿に向かう気力が失（う）せた。

自分はもう終わってしまった作家なのではないか、という思いが唐突に胸を衝（つ）くと、それはもう、心底悔しかった。

まだ一、二度文芸誌に載った程度。それなのに、書きたい衝動がこれほどに色あせるとは。

東京でまだ学生だった頃の希望に燃えていた自分に対して、不甲斐なく、情けない気持ちがするのだった。


クライスラーの音楽会開催を知らせる広告絵葉書が届いたのは、そんな頃だった。

それは、寺井がまだかろうじてつきあいのある東京の出版社の編集者から送られてきた。当時の仲間とも、他の編集者ともめっきり疎遠になった中、彼とだけ縁が続いていたのは、ひとえに共通の〝レコード〟という趣味による。

彼が属する文報社は、文芸誌の中でも演劇と音楽についての批評を多く載せることで有名な雑誌「文雅」を出していた。その編集部に属する金藤(こんどう)は、中でも無類の音楽好きとして知られていた。編集部では金を出せない、経費で観られないというものにまで自腹を切って日参する。

一方、寺井もまた、音楽が好きだった。

新しもの好きな父が求め、実家にあったレコードを、その頃まだ家にいたねえやとよく聴いた。日本橋にある電機会社の重役の家に奉公に出ていたねえやは、その家で聴いたというレコードのこともよく知っていた。

思えば寺井の東京への憧れは、そのねえやによってもたらされたといってもいいのかもしれない。彼女の語る東京は、弾むような豊かさに溢れた、華やかな文化の地だった。金沢ではそうそう観られないプロの生演奏が音楽会で聴けるのだということも、彼女が教えてくれた。「私は行ったことがないですけれど、奉公先の旦那様や奥様はよく行ってらっしゃいました」と語る彼女の影響で、寺井は上京してすぐにヴァイオリン演奏会に行き、そこで、得も言われぬ衝撃を受けた。

その時の弾き手はそこまで名のある人物というわけではなかったが、それでも、広いホール全体の空気を震わせるヴァイオリンの音はレコードとまったく違い、伴奏のピアノの豊かな情感にも、心が痺れるような感動を覚えた。

以降、寺井は小説を書く傍ら、レコードや音楽会に夢中になった。

中でも、金藤の家には世話になった。

彼が道楽に任せて集めたレコードを貪るように聴き、彼の奥さんがいれたあたたかいお茶を飲むあのひととき。彼が同好の士に甘いのをいいことに、金藤の留守中に仲間と訪ねて行って、奥さんに呆れられたこともあった。

東京からの金藤の手紙は簡素なものだった。

「寺井くんが好きだと思ったので、知らせます。」

その文面とともに、クライスラーの写真が刷られた絵葉書が同封されていた。

『帝劇のクライスラー音樂會

クライスラー提琴大音樂會　自一日至五日毎夕七時半開演　帝國劇場

クライスラー氏は一八七五年ヴヰンに生る。氏の父は有名な刀圭家である。併(しか)し今日では氏は一個のオーストリヤ人でなく、國籍を超越せる世界人で、氏の藝術は淵のやうに深い、ロマンティシズムなポースを融合させたのが彼獨自の技巧だと云はれる。また氏は人格者として知られ、米國では「紐育(ニューヨーク)の基督(キリスト)」と云はるゝ程の人である。』

クライスラー。

フリッツ・クライスラー。

その名を呼ぶと、胸の真ん中に小さな泡がぷつぷつとたぎって、寺井をこの場にいても立ってもいられなくする。なんということだろう、彼が来る。日本に。東京に。

東京は今、そのことでどれだけの騒ぎになっていることか。

『支那の鼓』『カプリス・ヴィノア』『ロザムンデの舞曲』『愛の悲しみ』……。

金藤の家で聴いた名盤の調べが甦(よみがえ)り、畳を踏む足の裏がむずむずとしてくる。

東京では、金藤が集めぬいたというクライスラーのレコードを彼の家でよく聴いた。あれらのレコードが金沢の自分の家には一枚もなく、すぐに聴けないことがもどかしかった。郷里に引っ込んでいるとはいえ、彼の来日を知らぬままでいた自分の不明を恥じたくなる。

そして、広告絵葉書を改めて眺めた。

まず思ったのは、なんと陳腐な言葉で彼を紹介するのか、ということだった。

限られた文章で彼を表現するなら、彼の父のことなど書かずに、まず、何をおいても欧州大戦のことについて触れるべきではないのか。クライスラーは芸術家であるにもかかわらず、一人の陸軍中尉としてオーストリア軍に参加した。

そして、傷痍軍人として名誉の退役をしたその後は、傷病兵や戦死した音楽家たちの遺児のためにヴァイオリンを弾いた。戦争で負けたオーストリアのために、何の見返りも求めずに働いたのだ。

戦争を背景に、国と国同士が複雑な関係にあり、演奏家への風当たりも強かった時代、クライスラーの演奏がそれでも世界中から称賛され、求められたことには意味がある。かつての敵国であったフランスを訪れてさえ、彼は盛大な歓迎を受けたと聞くし、それは紙の上での平和が、優れた音楽を通じて、真に心から実感される平和になった瞬間であったと、多くの人が感銘を受けたはずだ。

この紹介を書かずに、「米國では『紐育の基督』と云はる、程の人」などと言われても、彼と演奏の魅力は伝わらないのではないか。

彼の音は、こうした半生を経て、「深い悲しみを背負っているようでもあり」と評され、彼の弾く小曲は、「くめども尽きぬ人間味の溢れる」と称賛された。あのヴァイオリンの中には、聴く者の胸に響く何かがある。

案内の葉書を受け取り、次に思ったのは、聴かずに死ねない、ということだった。

何をおいても行く。

できれば特等席。

いや、特等席は無理だろうか。

金がどうにかできたところで、クライスラーの人気を思えば、到底手に入るまい。この田舎で、音楽会というものなど、この世に存在しないのではないかと思えるような日々を送っていると、寺井はほとほと、文学や芸術というものへの周囲の無理解を感じるが、東京ならば、クライスラーの価値を知る人たちが特等席に大枚をはたき、帝劇に押し寄せるに違いない。

たとえ自分が特等席が取れなくても。

五月に来る、偉大なヴァイオリニストのためにも、どうか、そんなふうに人々が熱狂していますようにと祈った。日本人にも今はそれくらい音楽の価値がわかっているのだということを、クライスラーにもぜひ知ってほしい。そんな思いが強くこみあげた。

2

待ち合わせた丸の内の喫茶店に、金藤は意気揚々と現れた。

白地に薄い縞模様が入ったモダンな背広を着て、服と揃いの生地で作った帽子を被っている。その帽子を、寺井の前まで来ると「やあ、どうもどうも」と大仰な仕草で取る。会うのは寺井が東京を去って以来だから、二年ぶりだった。その頃には生やしていなかった髭をたくわえている。意識したわけではないであろうが、送られてきた広告絵葉書にあったクライスラーと似たような髭だ。

その髭のせいで、とっさに金藤とわからなかった寺井は、声をかけられたことで「ああ、どうも」とのろのろと顔を上げる。寺井の前に、金藤がどっかりと腰を下ろした。

「ふうん」と頷いて、寺井の全身をじろじろと眺める。

「めかしこんできたね。その恰好で金沢からじゃ、さぞ目立ったんじゃないか」と言われる。寺井は「はぁ」と吐息のような返事をした。

背広もスラックスも、自分のものではなく、父の衣装簞笥から無断で借用したものだ。加えて、ポケットチーフがどうしても見当たらず、光沢のない自分のハンカチを誤魔化すように折って差し込んでいる。あまりじろじろ見られたくなかった。サイズが合わないせいで余った袖口を隠すようにして、腕を手元に引き寄せる。

体がだるく、疲れているのは、熱だけではなく、馴れないこの恰好のせいもある。列車の長旅で座りっぱなしだったせいで、スラックスの尻の部分はすでに皺が寄っていた。

「あちらでも、洋装の者は多いですから」

金沢の田舎者が、と嫌みを言われたような気がしてついそんなふうに言ってしまう。金沢はかつての城下町だぞ、という意地もあってそう言ったが、金藤はそんな寺井の思いには端から興味がないようで、「いい心がけだよ、君」と眼鏡を押し上げた。

「欧州じゃ、音楽会のドレスアップは初日だけで、翌日からはドレスダウンだなんていうけどね。何しろクライスラーの来日だ。礼を尽くしておくに越したことはないよ。そう考えたんだろう？」

「え？　ええ、まあ……」

寺井がしどろもどろに答えると、金藤は満足げにふう、と大きな息を吐き出した。髭を右手の指で微かに撫でる。

「うん。君なら、そこのところは律儀な男だと思った。実際、演奏会は、翌日からも観客はみんな畏(かしこ)まった恰好でやってきている」

「はぁ」

ドレスアップだのダウンだのという慣例について、寺井はまったく知らなかったが、そう口にする金藤の発音がいちいち弾んで、楽しそうなので黙っていた。

金藤が、寺井の前にある皿を覗きこんで尋ねる。

「しかし、どうした？　アイスクリームなんか食べているのか」

「少々体調が悪くて、熱が」

久しぶりの東京で、珈琲(コーヒー)や紅茶を飲みたいと思ったが、今飲んだら匂いに悪酔いしてしまいそうだ。甘くて冷たいアイスクリームなら、と思って注文したのだが、一口食べたところで体が受けつけなかった。運ばれてきた銀色の皿の上で、溶けたアイスが水状に変わっている。

こんな日に、本当だったら体調など崩したくはなかったのだ。自分の迂闊(うかつ)さを道中どれだけ責めたかしれない。まるで、金沢の父と母が、全力で自分をあの土地から引き離すまいとしているように感じた。

「そりゃよくないね」と言ったきり、金藤が嫌味を言う様子がないのでほっとする。

やってきたエプロン姿の給仕の女性に彼が珈琲を頼む。

寺井が礼を言った。

「音楽会の券、僕の分まで取っていただいてありがとうございました。しかも前売り価格で」

「初日や最終日じゃなくて悪かったね。しかも体調も悪そうだ」

「とんでもない。聴けるだけで幸甚です。金藤さんは、初日からずっと聴かれているんですか」

「五日間、すべてね」

予想通りとはいえ、なんという贅沢だろうか。「羨ましい」と思わず声が出ると、彼がにやっと笑った。

「熱を押してまで聴く、というのは正しいよ。君にも初日の『奏鳴曲（ソナタ）』を聴かせたかった」

「バッハですか？」

「もちろん、クライスラー作曲の『愛の歓び』などの方が私は好きだよ。しかし、バッハの『奏鳴曲』は初日以来二日目も三日目も弾かないんだ。あれきりだったのかと思うと、聴けない他の日の客が気の毒でね。あの曲ほど、緩急とリズムの調和が発揮される曲はないからね」

「うわあ。なら、そんなふうに、僕を嫉妬に狂わせるようなことを仰らないでください」

金藤が期待していそうな芝居がかった不満の声をあげる。すると、金藤が「そうだろうとも」と頷いた。

「クライスラーは日本の聴衆をよほど耳が肥えた人たちだと思ってくれているんだろう、毎夜、曲の構成が違うんだよ。昨日の新聞を見たか？　クライスラーは日本にこれほどまで音楽の愛好家がいるとは想像もしなかったと言っている」

「そうなんですか？」

「ああ」

金藤の目が露骨に嬉しげになる。

「米国紐育で演奏した時など、章と章の間に聴衆の咳する声など聞こえて、舞台の上の感じを破られたと言うが、帝劇の聴衆は咳も控えて、心乱す何物も目に入らない、と日本の聴衆を絶賛している。その上、クライスラーは紳士だ。音楽協会や新聞社が休憩時間に賞牌を贈っているが、演奏の間不便であるからということで、本意なく外したことを、演奏会の後にいちいち関係者に断っているのだとか」

「それはまた、なんとも……」

クライスラーの人となりについてを、レコードを聴きながら寺井に最初に教えてくれたのは金藤だ。その彼に自分が言うのは僭越かもしれないと思いつつ、それでも寺井は唸ってしまう。「実にクライスラーらしいですね」と。

それに、金藤がまた、うむうむと頷く。「そうさ、人格者だ」と。

「彼のあの音は、そういう心根から生まれているんだろうよ」

会うのは久しぶりだが、考えてみれば金藤が寺井を気に入って声をかけてくるのは、偏に、自分の話を適当な相づちを打ちつつ聞いてくれる相手がほしいからだろう。

趣味人の情熱は、その価値をわかる人間に話してこそ、初めて満たされるのだ。初日を聴いた自慢には半ば本気で苛立ちを感じるが、そんな金藤が券を取ってくれたおかげで今日だって音楽会に行けるのだから、寺井も文句は言えない。

金藤の前に珈琲が運ばれてくる。濃い香りが鼻腔を刺激すると、それはとても魅力的であるはずの香りなのに、今日は胸がむかむかしてくる。寺井は無理して、すっかり溶けたアイスクリームを、皿を傾けてすすった。甘みが鼻を塞いで、喉を生ぬるく通っていく。

金藤が、砂糖とミルクをたっぷりと入れた珈琲を一口呑み、満足げに大きく息を吐いてから、寺井に尋ねた。

「ところで君、帝劇の音楽会は初めてか」

「いえ、東京にいた頃に縁があって何度か。もっぱら四等席でしたが」

四等席は、三階席のさらに後ろだ。立ち見をして観る、ギャレリーと呼ばれる場所だった。

その時の演奏者や曲目について、朦朧とする頭から寺井が記憶を引っ張り出そうとすると、寺井の言葉を待たずに、金藤が、「じゃあ、今はその頃とはまったく違うよ」と言った。

「何しろ、地下が繋がっているからね。東京會館と」

「東京會館？」

金藤はなぜか得意げに胸を張っている。

それを見て、彼はこの話がしたかったのだろう、と気付いた。金藤が続ける。

「金沢に帰っていたんじゃ知らないかな。昨年の秋に落成したんだよ。我が国初の、民間の力のみで成る社交場だ。創設の立役者は、帝国劇場の支配人、山本久三郎と東京商業会議所の会頭、藤山雷太、それに西洋料理の三田東洋軒の主人・伊藤耕之進だ」

「開館式の様子は、新聞で見た気がします」

とはいえ、東京にできる新しい建物など、今の自分には無縁だろうと記事は斜め読みだった。

日本を含む連合国側の勝利で終わった世界大戦を経て、時代は一気に日本を国際舞台に押し上げつつある。その流れを受けて、東京に次々新しい建物ができるというだけのことで、特に珍しいことではないと思っていた。

　すると、金藤が「あの建物はたいしたものだよ」と教えてくれる。

「ルネッサンス様式の外観なんだが、中はもっとすごい。もう何度か行っているけど、大食堂の料理はなかなかだし、ロビーの付近は階段まで一面大理石なんだよ。三階の格(ごう)天井(てんじょう)の間なども見事で、首が疲れるまで見上げたが、中でもすごいのはバンケット・ホールだね。記事を書く関係で開館式に入ったけど、とんでもなく大きなシャンデリアが三基も並んでいる」

「へえ、それはそれは……」

「新聞で見たなら知っているかもしれないが、間近で聞く藤山さんの開館式の挨拶もなかなか感動的だったよ。祝賀の大午餐会は、七百人を超える人が詰めかけてね」

「金藤さんも開館式に行かれたんですか？」

　そんな荘厳なパーティーの場によく潜り込めたものだと思って言うと、金藤が鼻先で笑った。「そりゃ、そうさ。東京會館は我々庶民の社交化を目的としてるんだから」と続ける。

　我々庶民、とへりくだる言葉を口にしながらも、金藤の口調は楽しげだ。

「藤山さんも挨拶で言っていた。外観や設備が壮麗であるところから、上流貴族のための設備と誤解する人がいるかもしれないとね。しかし、會館の本意はあくまで社交の民衆化にあると、明言したんだ。誰でも自由に利用できるように留意した、と」

「へえ、それはそれは……」

「まあ、そうは言っても、実際のお客の大半は華族や政財界の名士といった上流階級だがね」

「いやいや、それでも、そういう理念で建てられた建物だということが素晴らしいです」

驚いた表情を浮かべて頷きながらも、それは金藤相手へのお愛想のようなものだった。彼の語りだけでは、寺井には具体的に何一つ想像がつかない。そんなことよりクライスラーの話をまだ聞きたい。

けれど、金藤の機嫌を損ねるのも嫌で、とりあえず、

「ホテルですか」

と尋ねた。帝劇の近くには、明治時代の社交場、鹿鳴館からの流れを引き継ぐ帝国ホテルがある。

ところが、何気なく聞いた問いに、金藤の顔が曇った。

「それがね」と小声になって、眉間に皺が寄る。

「ホテルではないんだ。当初はその予定だったらしいんだが、宿泊はできない。あるにはあるんだよ、帝国ホテルにも引けを取らないようなバス付きの立派な部屋が何室も。

『パレス・ホテル』と名づけられ、パンフレットまで用意していたのに、これがどうも、営業許可が下りなかったらしい」

「え、それはまたどうして？」

ホテルがあったからといって、今夜そんな立派な宿に泊まれるはずはないから、本心から興味があったわけではないが、部屋があっても使われていないというのは妙な話だ。

金藤が、「わからんのだ」と眉を八の字にする。去年できたばかりの東京會館をすっかり自分のもののように気に入っているらしい。

「取材をしてみても、今ひとつ理由がはっきりしない。聞いたところによると、旅館と料理業の兼業がダメだ、と言われたらしいが、おかしな話だろう？　目と鼻の先にある帝国ホテルじゃ堂々とホテルと西洋料理の両方の事業をやっているというのに」

「ああ、そうですね」

金藤の口調が非難めいたものになる。

「大きな声じゃ言えないが、立地を考えれば無理からぬことなのかもしれんね。何しろ東京會館は皇居の真向かいだ。皇居二重橋の正門の向かいなんだよ」

「それは……当局としては頭が痛いでしょうね」

寺井としては、今は自分の頭痛の方がはるかに深刻な問題だったが、金藤からはこの後、音楽会の券をもらわねばならない。

自分から話題を振ったくせに、金藤が大袈裟に顔をこっちに近付け、「そんなこと言うもんじゃないよ」と年長者ぶった貫禄で寺井を窘めた。

しかしすぐに自分で「しかし、まぁ、そうなんだろうな」と頷く。

「よりにもよって、ホテルの設備は五階建ての建物のまさに最上階にあってね。皇居を見下ろすロケイションになるというのはどうも具合がいいことではないんだろうな」

「……そして、その建物が、帝劇と繋がっているわけですか？　地下で」

話題を少しでも音楽会に引き戻したくて話を向けると、金藤の顔がぱっと輝いた。

「その通りなんだ！」という声の調子が一段高くなる。

「すごいと思わないか？　これは、帝劇の支配人、山本さんがロンドンのサヴォイ劇場に行った際に思いついたことらしい。向こうのテアトル・サヴォイとホテル・サヴォイは隣接していて、その二つが地下道で結ばれていてね。だから、限られた幕間の時間に、ホテルの料理店で食事をして帰ってくることだってできる」

「しかし、帝国劇場にも食堂はありましたよね」

「ああ、三軒だけな」

金藤が話にならない、というように手を振り動かす。

帝劇に入っている洋食と和食、それぞれの専門店は名店揃いで、とても寺井が気軽に行けるような雰囲気はなかった。

確か、今さっき金藤が東京會館を建てた立役者の一人として名前を挙げた伊藤耕之進の三田東洋軒も、帝劇に入っている三軒のうちの一軒だったはずだ。そちらの方が寺井にはまだ親しみやすい。

ともあれ、金藤の東京會館贔屓（びいき）の理由がわかる気がした。

自分の好きな音楽会を催す帝劇と繋がっているというだけで、東京會館は音楽と、そしてそれを愛する自分の味方のような気がするのだろう。

「わずかな専門店だけじゃ、帝劇の観客すべてには対応できないよ。今夜、地下通路を通ってみるといい。緋色の絨毯（じゅうたん）をゆったり歩いて抜けていく大食堂はとてもいいよ。話の種にどうだね」

「では、時間があればぜひ」

「開館式の午餐会の後も、帝劇は東京會館のための記念特別余興をやってね。列席者全員が完成したばかりの連絡通路を通って、芝居を観に帝劇に向かったんだ」

「金藤さんも行かれたんですか。確か、音楽会と違って芝居はあまり好かないと仰ってませんでしたっけ」

「まぁ、それはそうなんだが、何しろ、顔ぶれが当代随一というか、すごかったからね」

金藤が珈琲をすするように飲みながら、熱っぽく語る。

「その期間は左團次一座が岡本綺堂の『室町御所』をやっていたものを、その日だけは特別に演目を変更したんだ。『子宝三番叟』をやってね。しかも、顔ぶれがすごいぞ。大名は尾上梅幸、太郎冠者は松本幸四郎。帝劇の気合いがわかるというもので……」

聞きながら、寺井は早く話が終わらないものかと焦れていた。

体調が不充分なせいで、肩が凝り、目の奥も痛い。

頭の中は、まるで重たい砂が移動しているようだった。頭を傾けるたび、その砂が痛みとともに、ずささ、ずささ、と動いて苦しめる。

前々から薄々感じていたことだが、金藤は芸術一般を好きだと言いながら、その実、節操がないのだ。自分の見える範囲で見聞きしたことに容易に気持ちを奪われて、すぐに素晴らしいと絶賛してしまう。

それはもちろん、編集者、また雑誌の記者としては必要な才能なのだろうけれど、芝居に詳しくない寺井としては、金藤が演奏会から演劇に気持ちを移して語るのは不純に思えた。

「これは想像だけどね、東京會館のホテル営業の許可が下りなかったのは、帝劇と繋がっているということも大きな刺激材料になったんじゃないか。男女が出演する芝居小屋とホテルが繋がるのが風紀上問題ありとされてしまったんだとしたら嘆かわしいことだ」

「僕のような者からすると、帝劇は文化の殿堂ですけどね。当局からしてみると、いまだに単なる芝居の興行場に過ぎない、という考えなんでしょうか。残念です」

喜ばせるつもりで言った言葉に、案の定、金藤が「うむ」と嬉しそうに頷いた。「やはり、寺井くんはいい」とわかりやすい態度で寺井を褒めてから、椅子に深く座り直す。

「そうそう、クライスラーの二日目だけど」

ようやく話題が戻った。

「はい」と顔を上げ、金藤を見る。しかし、金藤が続けた言葉は、この後のヴァイオリンの夕べに膨らむ寺井の胸を、すっと冷たくするものだった。

「なかなか面白い子が来ていてね。梶井基次郎くんという三高の学生だが、京都から夜行列車を乗り継ぎ、音楽会にかけつけたというんだよ。列車でかけつけるというあたり、君と同じだね。同好の士というわけだ。文学にもよく通じているし、創作もするそうだよ」

作り笑いを浮かべるのを、一瞬忘れた。

金藤の言うその三高の学生とは無論一面識もないが、自分より若く、文学に通じて創作もする人間が自分より早く演奏会に来たというだけで、寺井の胸が圧迫される。

「君にも紹介したいよ」

金藤がどこまで自覚的かわからぬまま残酷なことを言う。

「梶井くんは一昨年には京都の公会堂でエルマンのヴァイオリンを聴いて握手をしたというから、羨ましいね」

「そうですか」

少し遅れてどうにか笑顔を取り繕いながら、寺井は頷いた。

絶対に紹介などされたくはないと思ってしまった後で、自分が、東京を離れたこの二年でだいぶ卑屈になっているのを感じる。

それは、体調の悪さや高熱などとは比べものにもならない、切羽詰まった痛みと苦しさだった。音楽のために戻っただけの東京で、小説の話や新しく出てくる若い才能について思い起こさせられるのは理不尽だとすら感じる。

「クライスラーの演奏会は、おととい、私も楽屋まで行ってね。本人と話したり握手とまではいかなかったが、夫人の姿を見た。演奏の終わるのを待ち構えて、楽屋に戻ってきたクライスラーに抱きつくようにして迎えていたが、あの愛情深い所作はさすがに稀代の芸術家の妻の態度にふさわしい。うちの妻にも見習ってほしいものだ」

冗談のつもりらしく快活に笑った金藤が、「おや、もうこんな時間か」と、喫茶店にかかった時計を見上げる。

「行こうか。散歩がてら、帝劇まで歩こう。いやぁ、今夜も楽しみだ」

帝劇に向かう途中、皇居のお濠に沿って歩きながら、ふと、前を歩く金藤が足を止めた。

「寺井くん、あれが東京會館だ」

言葉につられるようにして、顔を上げた寺井は、そこで、息を呑んだ。

帝国劇場と通りを一本挟んだ場所に建つ、五階建ての東京會館は、通りから見ると、どっしりとした正方形の落ち着きを持っていた。金藤の説明の通り、ルネッサンス様式の洒落た外観をしている。

淡いクリーム色のタイルとモルタルの壁は、皇居のお濠に面し、夕日にうっすら染まった街の中で一際存在感を放っていた。

南側に正面玄関。ゆるいスロープの車寄せがあり、四本の柱に支えられた装飾的な鉄細工の大きな庇がその上を覆っている。ちょうど、馬車が止まっていた。馬車から降りるどこかの夫人の横に、制服を着た玄関係が恭しく礼をしている。

その玄関の庇の上、四階の窓だけが、他の階の窓と違って上部が半円の形をしていて、美しい彫刻的な装飾で縁取られていた。しかも、窓の前にはそれぞれ手すりのついた張り出しバルコニーが取りつけられている。それらの窓が正方形の外観に沿ってぐるりと並ぶ様子は、向かい合う帝国劇場の雰囲気とみごとに調和していた。

「あれがそうですか」

と声が出た。

喫茶店で話を聞いていただけではよくわからなかったが、実際に見てみると確かに迫力がある。

外から見てこれだけの存在感なのだから、内部の装飾も金藤の言う通り、たいしたものなのだろう。

「正方形をしているんですか」

「いや、コの字型と言えばいいのかな。皇居のお濠に、コの字の底辺が向いている恰好だ」

窓から洩れる灯りが、道を挟んだお濠の水面に、夕日とともに溶け込んでいる。

「君の言葉を借りれば、帝劇は文化の殿堂なんだろう。それで言うなら、東京會館はさながら社交の殿堂だね」

金藤が自慢気に言って、また一歩先に立ち、寺井を帝劇まで引っ張っていく。

3

帝国劇場の前には、クライスラーの名と、顔写真がたくさん貼られていた。

金藤に送ってもらった広告絵葉書にあった、髭をたくわえたあの写真だ。劇場の前も中も、人、人、人。初日から四日目の今日は、評判が評判を呼んで券も完売だという。緋色の絨毯が敷き詰められたロビーに着いてすぐ、「これが君の分」と金藤がくれたのは四等席でこそなかったものの、三等席だった。

金藤がひょっとしたら、何かのつてで招待席など用意してくれているのではないか、特等席とは言わないまでも、一等や、せめて二等席を格安の値段で手配してくれたりはしていないだろうかという期待を今の今まで寺井は捨てていなかったが、気持ちは裏切られたことになる。

その上、金藤は寺井が差し出した代金をしっかり受け取って、「では終わったらまた会おう」と自分は一等席の券を手に、一階の左扉の方向に消えていく。うだつの上がらない学生崩れに券の代金を奢ってくれるなどという気もないようだった。

「楽しみ給（たま）え。私は、昨日は右手側の席だったから、クライスラーが演奏に合わせてどこで深呼吸して腹をへこますかということまでしっかり見えたよ」

「……ありがとうございます。ではまた後で」

寺井の三等席は、三階だ。

演奏家の所作までしっかり見えるのは、それはあなたが特等か一等に座ったからでしょう、と言いたくなる気持ちをすんでのところでこらえて、彼の背中を見送る。

帝劇に来るのは久しぶりだった。

一人になると、「ああ、この場所に戻ってきた」という安堵感と、しかし、自分は本来は金沢で過ごしている人間だという肩身の狭さの両方がやってきた。

五月の夜はあたたかく、入り口の扉を開けたままでもロビーは充分快適だった。クライスラーの演奏会は、なるほど好事家（こうずか）の常連が多いらしく、あちこちで立ち止まった紳士たちが、開演前から演奏についての話を熱心にしている。外国人の姿も多く目立った。

彼らの脇で、自分が風呂敷包みを持っていることが恥ずかしかった。立派な鞄を用意してくるつもりが、父親の部屋に見当たらなかったのだ。戻ったら、背広を拝借したこともさぞやこっぴどく叱られるだろう。

寺井はそそくさと階段を上り、三階に急いだ。

4

待ちに待ったフリッツ・クライスラーは、舞台の中央にゆっくりと現れた。

感動は言葉にならず、彼を見た感想を一言で言うならば、それは、「本物だ」という思いに尽きる。

恋い焦がれるようにして今日まで見てきた広告絵葉書に掲載された写真のクライスラ

ーは、茶か焦げ茶かという色の髪に立派な髭をたくわえ、ヴァイオリンに手を添えていた。

しかし、目の前のクライスラーは白髪が半分ほどまざり、写真で見るほどには若々しくない。しかし、その顔つきや風貌は、写真の演奏家が年を取ればきっとこうなるであろうという、生き生きとしたものだった。三階席からでもわかる。今、ここに、写真ではなく、本物の、生きたクライスラーがいる。

がっしりとしたいかつい風貌に、もう少し自分が圧倒されるかと思ったが、距離があることを差し引いても、現実のクライスラーの外見は、寺井にも充分親しみの持てる雰囲気が漂っていた。温かで包容力のある趣が、顔つきに滲み出ている。

彼の登場に、会場の聴衆から拍手が送られる。

この場にいるすべての人の期待と興奮が溶け込んだ、波の音のような拍手は、クライスラーがヴァイオリンを構えた瞬間に、潮が引くように鳴り止んだ。

あれは、彼が愛用するというストラディバリウスだ。

身を乗り出しそうになる衝動を抑えるのに苦労した。

長い音色が帝劇の会場に、一直線に響いた。

ベートーヴェン、クロイツェルソナタ。

今日の演奏を、どんな言葉で表そう。この後で会う金藤にどう語ったらよいか、とにわか評論家の耳で聴こうとしていた自分のことを、最初の一曲で恥じた。

今ようやく認められるが、クライスラーのヴァイオリンが、彼の人格と経歴によって深く聞こえるということを寺井に教えてくれたのは金藤で、寺井の持つクライスラー観とでもいうべきものもまた、大部分が彼からの受け売りだ。

けれど、ただただ聴き惚れてしまうこの美しい演奏の前には、クライスラーの経歴も、人格者であることも、戦争も、すべてがどうでもいいことではないかと思われた。この音を出す人がたとえ人格者じゃなくたって、極悪非道な人物であったとしても、寺井は構わない。魂を持って行かれたっていい。

そう思ったことで、気付く。心から理解する。

ああ、そうか。圧倒的な演奏の前にすべてがどうでもいいとひれ伏してしまえるような、この気持ちが音楽を愛するということなのかもしれない。

だから、かつての敵国であった聴衆たちもクライスラーを歓待したのだ。

涙が出そうになる。

幅のゆったりとしたヴィブラート。

なんと柔軟な弓遣い。

クライスラー作曲の古いウィーン風のワルツ三曲――『愛の悲しみ』『麗しきロズマリン』『愛の歓び』が奏でられる時、寺井はもうどんな言葉も失って、音に魅了されていた。一等席ならば見られるかもしれない、指の繊細な動きや呼吸してへこむ彼の腹についても、この音をただ今聴けるなら、それだけでよいではないかと思う。とても人間が出している音とは思えない。演奏技法など知らなくてもいい。この音がどこから来るかのカラクリなど、知りたくもない。

演奏の音はまぎれもなく、三階にいる自分の下からしているのに、まるで天から聞こえるようだった。

休憩の間の記憶が、寺井にはほとんどない。誰とも感想を交わしたくないという思いから、席を立ちさえしなかった。熱と頭痛を、この数時間だけはすっかり忘れたような気がする。

アンコールでクライスラーが弾いた小曲の名前を、寺井は知らなかった。

しかし、そのことを悔しいとは思わなかった。

曲名や、それが作られた背景もまたどうでもいいことだ。演奏会は一期一会だ。彼が選んだ曲を、今日、ここに集(つど)った聴衆が胸にしまってそれぞれの家に帰れるという事実。ただそれだけで寺井の胸は充分に熱くなり、高鳴った。

演奏が終わり、鳴り止まない拍手の中、周囲の人々が席から立ち上がり、寺井も夢中でその場に立った。夢中で拍手を送った。

クライスラーの音を〝体験〟してしまった人たちの拍手は、もう、最初彼が登場してきた時に出迎えたような潮騒のような雰囲気ではなく、それは屋根に無数に打ちつける豪雨のごとき激しい熱量に満ちていた。

豪雨。そうだ。人の心が重なるのは、雨と似ている。そんな確信めいた想いが寺井の胸深くに沁みこんでいく。

今日の帝劇に居合わせた人々の、小さな両手から零(こぼ)れる拍手がバラバラと重なり、やがては一つの大河のような流れになって、足元に感動という名の巨大な水たまりが広がるのが、三等席から見下ろせるようだった。

偉大な音楽家に、私たちがあなたを歓待していることが伝わりますように、と願う。感激に裏打ちされた雨が打つような拍手の音を聞きながら、寺井は、こういう時代が来たのだという高揚感に息もできなくなりそうだった。

複雑に敵と味方が絡み合った世界大戦が終わり、かつて、日本とは敵対する立場にあったオーストリアの演奏家が笑みさえ浮かべて聴衆の拍手に応えている。

日本はこれから国際社会の一員になるのだ。

5

ヴァイオリンの余韻に酔いしれながら、観客が外に出て行く。

三階からの階段も行列していて、寺井が下りるのにもとても時間がかかった。金藤と落ち合うため、焦りながら列が進むのを待っていると、下から「おおい」と声が聞こえた。待ちきれないように、金藤がこっちに向けて手を振っている。

「お待たせしてすいません、金藤さん」

てっきり演奏の感想と蘊蓄（うんちく）を語りたくてうずうずしているのだろうと思ったが、予想に反して、金藤は寺井の言葉が終わる前に、急いだ調子で首を横に振った。

「すまないね。今、知り合いに会ったら、その人の紹介で、これからまた楽屋に行くことができそうでね」

「え！　それは……」

一瞬、自分も連れていってもらえるのかと思った。しかし、風呂敷包みを持つ手にぎゅっと力が入ったのも束の間、「だからね」と金藤が続けた。

「君とはここで別れてもいいかな。今日の宿は決まってるんだろう？　また連絡するから」

「あ、それはまあ、奥村の下宿に行こうかと……」

嘘だった。

本当は今夜の宿の当てもなく、着の身着のままで飛び出してきた。夜行列車でトンボ返りしようかという状況だ。

今は疎遠になった同人仲間の名など出すのは恥ずかしいと思いつつも、一方で、彼らから自分が袖にされていることを、金藤に知られたくなかった。

しかし、金藤は、寺井のそんな事情などどうでもいいようで「そうかいそうかい、そりゃあよかった」とおざなりな返事をして、もう行ってしまおうとする。彼の後ろで、誰か、彼と同年代の芸術家風の男が「おおーい、金藤さん。行くよ」と呼んでいる。

「ああ、待ってください。――ではね、寺井くん。また」

「あ、ありがとうございました」

寺井が礼を言うのも待たずに、金藤がさっさと背中を向ける。今夜の多くの聴衆が、興奮に頬を赤くして、口々に演奏を褒めながら出口に向かう流れとは逆に、舞台のさらに奥まった場所に戻って行く金藤の足取りは誇らしげだった。

演奏と音、ただそれだけでいいと、さっきあれだけ思ったというのに、クライスラーに楽屋で会えるというのは、癪だけれど羨ましかった。しかし、確かに今の自分風情では、あの人に近付くこともできまい。

唯一の知り合いと別れて、帝劇の出口に進む。

劇場の外に出ると、昼間に比べて、少し肌寒かった。

その空気に顔を打たれて、思い出したように、首筋と背中に熱特有の寒気が戻ってきた。吐き出す息が薄く、呼吸をするたび、胸がぜえぜえとして疲れた。

しかし、後悔はない。来て、本当によかった。帝劇を出た人の群れがまだ華やいで、通りに顔を上げると、夜の東京は美しかった。

明るい活気を添えている。

お濠に映り込む街灯を見て、ああ、きれいだ、と目を細める。まるで、黄色や橙色の光の球が浮かんでいるようだ。


東京會館に行ってみよう、と考えたのは、ほんの思いつきだった。

手持ちの金を確認し、今日の宿を本格的に諦める。もう五月だ。少しくらい肌寒くても、駅で寝て凍死するということもあるまい。

夜行で急いで金沢に戻ったところで、待っているのは、無断で出かけたことに対する家の者からの叱責だけだ。ならば、徹底的に今日は文化的に見栄を張ったことをやってやろうと、心を決めた。

――後になって考えてみると、これは本当に熱に浮かされたために自棄になって起こしたような考え方だったが、クライスラーの音を体験したその夜は、不思議と寺井のそんな気分を強く後押ししてくれた。音楽会のために正装をしていたという強みもあった。

他に予定もない。どうせなら、東京會館で珈琲の一杯も飲んで帰ろう。東京に来てからまだ水とアイスクリーム以外の物を口にしていないのは、今のこの時のためだったという気すらした。

大きな庇に覆われた大玄関の前に立つと、覚悟して来たとはいえ、改めて、自分が場違いではないかという思いが胸に湧き、ごくりと唾を呑んだ。しかし、じろじろと見られることを覚悟した制服の玄関係たちの態度には、特段、嫌な感じは見受けられなかった。恭しく歓待するというふうでもない代わりに、田舎者を見下すような感じもない。

彼らから声をかけられたら気まずいな、という思いから、寺井は思いきって中に入ろうとする。すると、それまで寺井の方に顔を向けなかった玄関係の青年が途端にこっちを向いた。

「いらっしゃいませ」と挨拶をして、ドアを開けてくれる。

寺井はそれにどう答えたものかわからず――何も答えなくてもいいものなのかどうかもわからず、曖昧に口を閉じる。すると、唇の間から「うむ」というような声が洩れた。顔を伏せ、扉をくぐる。

一歩足を踏み入れ、顔を上げると、わあっと、無言のうちに息を吸いこんだ。

それは、物語の中のような眺めだった。

車寄せを上り詰めた玄関の内部の床、壁面、ロビーに上がる階段は、すべて青緑色の大理石が張り詰められている。大理石の中には渦巻模様が浮かび、それが一面、壁に咲く花のように見えた。

大理石の階段を上がった先に、一階のロビーが広がる。

ペルシャ絨毯の床を、淡いクリーム色の灯りがあたたかに照らしている。正面に二基のエレベーターと階段があり、右側がクローク。クロークの奥には、大食堂か酒場でもあるのか、笑い声が聞こえてきた。

九時を過ぎたというのに、建物の中には活気があった。演奏会からそのまま流れてきた人もいるようだし、客の誰もが身なりのいい大人だった。寺井のような若者はほとんどいない。寺井は心細く、肩身が狭くなった思いがして、極力首を動かさないようにしながら、あたりを見回す。

馬車や人力車が玄関に着くたび、ボーイがエスコートについて、客人を素早く上の階に案内していく。よほど重要な客もいると見えて、エレベーターに先導するまでの間に、周りの黒服たちが駆け寄り、脇で深々と礼をされている人もいた。

ロビーから見える、お濠に面した西側に、珈琲が飲める場所がありそうだった。『懇話室　Parlour』という表示がある。

煙草の匂いがしているのは、その逆方向に案内がある喫煙室のためだろうか。あちらには食堂もある様子だったが、本格的な食事は、寺井にはとても払えない金額だろう。懇話室あたりで飲み物を頼めるなら、それが精一杯というところだ。

外観を裏切らない豪奢な内装に見惚(みと)れている寺井に、その時、一人のボーイが声をかけてきた。

「何かお探しですか？　バーでお待ち合わせとか」

寺井はあわてて、ボーイを見た。とんでもない、という気持ちでぎくしゃくと首を横に振る。こんな場所にある酒場で飲んだらいくらするのか。

「いえ、そういうわけでは。少し、休める場所をと思って」

特にやましいことがあるわけでもないのにしどろもどろになる寺井に、しかし、ボーイは不審な目を向けることもなく、「そうですか」と微笑んだ。そして聞いた。

「お飲み物を用意してございますパーラーはあちらですが……。ひょっとして、大理石をご覧になりにきた学生さんですか？」

「はい？」

眼鏡をかけたボーイは、相手が寺井のような若造であっても、慇懃になりすぎない、丁寧な物腰だった。所作にも威圧感はない。胸に光る銀色の名札に『佐山』と書かれていた。

「たまにいらっしゃるんですよ。ロビーの大理石をご覧になりたいという方が」

「ええ、と。あ、このロビーの？」

壁や階段、ロビー一面に広がる大理石の渦巻模様を、確かに美しいと感じたばかりだった。ボーイが頷く。

「わたくしどもも詳しくは存じませんが、なんでもコレニア大理石という珍しいものだそうです。価値のわかる方にはきっと、見ていて飽きないものなのでしょうね」

言葉をうまく返せない寺井に向け、ボーイが「どうぞごゆっくり」と言う。

「新しい建物ですから、建築様式でも、素材でも、わたくしたち以上にお客様の方が詳しいということがよくあります。どうぞ心ゆくまで見てらして、わたくしどもにもいろいろ教えてください」

穏やかで好ましい礼の仕方に呆気に取られ、はあ、と情けない返事をひとつ返す間に、ボーイはもう食堂の方に去ってしまおうとしていた。

どうやら学生と間違えられたらしい——と思いかけたところで、ふと、それは寺井に恥をかかせないためのあのボーイの気遣いだったのかもしれないと、思い至った。

新しい建物、東京會館には物珍しさから立ち寄っていく若い学生も多いのだろう。ボーイの言う通り、大理石や建築様式を学ぼうと勉強のために見に来たものの、格式高い内装に圧倒されて立ち竦む者も多いのかもしれない。——今の、寺井のように。

ボーイが『パーラー』と呼んだ懇話室まで行き、前にかかったメニュー表を見る。飛び込んできた珈琲の値段に目を剝いた。

東京會館は庶民の社交場、ということだったけれど、それにしたって、今の寺井には手が出ない。上流階級の世界の値段は、若い寺井の想像を遥かに超えていた。

寺井はすごすごとパーラーを後にする。

東京會館で珈琲を一杯、という甘い夢がついえ、恥ずかしさ半分に逆方向に向かう。本格的に駅で夜明かしか、と思ったところで、バーの前を通った。

バーの横に階段が続いている。

これは、東京會館と帝国劇場との連絡通路の出入り口だ。

演奏会の間は、ヴァイオリンに夢中になっていて、幕間に通ってみようなどということはすっかり忘れていた。

これがそうか、と足を止め、興味半分に下に降りる。金藤の説明の通り、緋色の絨毯が通路に沿って敷き詰められている。すぐに通路になるわけではなく、降りていくとまず、半地下式の地階があった。

上ほど大仰ではないロビーと売店、『下足預かり室』や『整髪室』の看板が出ている。こんな設備まであるのか、と驚きながらあたりを見回すと、まるで地下自体が一つの街のようだった。

夜になって営業していない店も多いのか、上ほど騒がしくないところも好感が持てる。よし、このまま、帝国劇場まで戻ろう。もしかしたら、すでに今日の公演を終えた帝劇は入り口が閉まっているかもしれないが、そうなったら、戻ってくればいいだけのことだ——そう思い、半地下から地下道へ降りる。

歩き出して、通路の途中まで来た時の、それは出来事だった。

目の前に、信じられない光景が開けた。

通路の先、帝国劇場の地下道出入り口と思しきあたりから、数人の一団が現れ、こちらに向かって歩いてくる。その一団の中央に、周囲の人々より抜きんでて長身な、外国人の姿があった。

頭を稲妻に撃たれたような衝撃だった。

その人は、クライスラーだった。

さっきまで三階席から見ていた舞台のあの顔が、すぐ目の前に見える。

彼の横に、同じく背の高い、優しげな外国人の女性がいる。きっと、クライスラーの夫人だろう。かぶった帽子ごしに顔を上げ、クライスラーを見上げる瞳が笑っている。愛情深く、という形容がこれほど似合う見つめ方を、寺井は知らない。

「皆様、もうお待ちです」

一団を先導するのは、東京會舘の制服を着た黒服だった。言葉が通じるとは思えないから、これはクライスラーにではなく、誰か一緒にいる他の日本人を急かすために言ったのだろう。

棒立ちになったまま、寺井は動けなかった。

なんという大きな体軀。たくましい腕。

これが流麗としか言いようのないあの弓捌き（さば）を見せるのか。あの音を聴かせるのか。天を振り仰ぎたい気持ちで、寺井は嗚呼（ああ）、とクライスラーを見守る。

あの人が、こんなに近くに。

「……クライスラー」

感嘆とともに、思わず吐息のような声が洩れた。それは憧れが溢れて思わず口をついたとしか言いようがないただの呟きだった。偉大な音楽家を呼び止めるつもりなどまったくなかった。

しかしその時、奇跡は起きた。

急かされ、移動する最中のクライスラーが寺井の声に反応した。棒立ちの日本人の青年が、自分の演奏についさっき魅了されたばかりの者であることを、瞬時に察したのかもしれない。

硬直し立ち尽くす寺井を、クライスラーがちらりと一瞥したのだ！

その穏やかな、色の薄い目。透明な輝き。

それはほんの一瞬のことで、クライスラーの目はすぐにまた前を向いた。お付きの日本人たちですら寺井の方を露ほども気に留めなかったのに、クライスラーだけがこちらを向いたのだ。

寺井は、信じられない思いで、それからしばらくその位置に立ったまま、一団が消えていく様をぼんやりと見つめ続けた。

クライスラーは移動の時も、人に任せることはせず、自分の愛器を自分で持って歩いていた。寺井をはじめ、今夜、たくさんの聴衆を惹きつけたストラディバリウスが、今、真横を通っていったのだ。

身体中を、信じられないほどの喜びが包む。

その場で、うぉぉぉ、と叫びだしたいほどの激しい興奮が身を貫き、身悶えしそうになる。

6

クライスラーがその日、帝劇の音楽会を終えてから、東京會館で非公式の小規模な演奏会を行っていたことは、その後、しばらくして、金藤から聞いた。

季節は六月に移っていた。

五月の初めに出した熱は、上京で無理をしたわりにはあれから長引くこともなく引き、回復してすぐ、寺井は再び東京に戻った。

帝劇のロビーであっさり別れたことを気にしていたのか、連絡すると、金藤は今度も快く寺井と会ってくれた。

前回と同じ丸の内の喫茶店に現れるなり、金藤が「知ってるかい？」と切り出したのだ。

「先月君と一緒に行った、五月四日。あの夜、僕らは楽屋まで行ったんだけど、クライスラーには会えなかったんだ」

「え、そうなんですか」

「なんでも、連絡通路を通って東京會館に行ったそうなんだよ。他の観客たちが追いかけてこられないように、劇場側からは出入り口を封鎖して」

金藤が無念そうにため息を洩らすのを、寺井は感慨深く聞いた。

金藤の話では、あの五月四日の夜は、帝劇での演奏の後、東京會館の四階にあるバンケット・ホールで、小さな演奏会が行われたのだという。

「ただし、小さいたって、人数が帝劇よりは少ないってだけだぞ。むしろ、聴衆は全員、こっちの気が遠くなるくらいの大物揃いだ」

東京商業会議所初代会頭、財界人の澁澤栄一に、政治家の金子堅太郎。

同じく政治家の加藤高明に後藤新平、江木翼、高橋是清、根津嘉一郎。清浦奎吾に若槻礼次郎。他にも財界、政界の大物が多く集うものだったそうだ。

寺井が見た時、クライスラーは彼らが待つ会場に移動する最中だったのだ。

あの夜、東京會館から帝劇に向かう連絡通路で間近にクライスラーを見たこと、彼からの一瞥をもらったことは、寺井は誰にも、金藤にすら明かしていなかった。

連絡通路でクライスラー一団の姿を見送り、それからあわてて、夢から覚めたように寺井は彼らの後を東京會館まで追いかけた。

しかし、入ってきたのと同じ、酒場の横の出入り口から顔を出した時、そこには、先ほどまでと何も変わらないロビーの喧噪が漂うだけだった。クライスラー一団の姿はどこにもない。

折よく通りかかった、その日、寺井にコレニア大理石の説明をしてくれたボーイに、勢い込んで、「今、ヴァイオリニストのクライスラーがここに来ませんでしたか」と尋ねたが、佐山と名札のついたそのボーイは、柔和な笑みを崩さないまま、「帝国劇場では、連日演奏会をしていると聞いていますが」と答えただけだった。

だから、あれは、本当に一瞬の、夢と見まがうような邂逅（かいこう）だったのだ。

「内輪で集まるような規模の食事会にクライスラーを呼んで弾かせようというんだから、偉い人たちっていうのはまったくたいしたものだよな。私は帝劇の特等席で二回聴いて、一度などは中央の、これ以上ないくらいの席だと思ったけど、それ以上の近さで聴いている人たちがいるとは知らなかった」

不満げに口を尖らす金藤に、寺井は「そうですね」とだけ答えた。

途端に、金藤が「なんだ、君、口惜しくないのか。権力の濫用だとは思わないのか」と聞いてくる。しかし、寺井は微笑んでこう答えた。

「その人たちが演奏に敬意を払って、クライスラーも楽しんだのであれば、それは僕たちがとやかく言うことではないかもしれません。クライスラーが相手によって演奏の質を変えたりするとも思えませんし、むしろ、そちらの演奏会で聴くために、と帝劇にいらっしゃらない方もいたんだとしたら、そちらの方が気の毒です」

寺井の言葉に、金藤が驚いたように目を瞬く。

ただ、寺井の胸には、信念のような一本筋が通った思いが芽生えていた。

それは、これまでは名のある偉い人たちで独占していたかもしれない演奏会のような楽しみが、今、自分たち庶民のもとにも開かれているのだという、強固な思いだった。

大物たちが個室で楽しんでいる演奏を、手を伸ばせば届く位置で、自分たちも楽しめる。本や新聞の中だけでしか見聞きできなかった本物と、肩が触れ合うような距離ですれ違うことさえできる。

音楽は、誰の前にも平等だ。

「そういえば、君、あの日、奥村くんの下宿に泊まるようなことを言っていたけど、奥村くんとはもう随分連絡を取っていないそうじゃないか。この間、彼に会ったらそんなふうに言っていたぞ」

「あ、そうです。同人誌を一緒にやっていた仲間と随分疎遠になっていたんで、今回の上京は、彼らに会いにきたんです。僕も頑なになっていたところがあるんで、ちょっと歩み寄ろうかと」

寺井が素直に認めると、金藤がさらに驚いた顔になる。

「金藤さんにも、これからまたちょくちょくご挨拶に参ります」と頭を下げた。

「随分書いていなかったけど、また金沢から小説を送ります。どうぞよろしくお願いします」

「そりゃあ、いいけど……」

金藤が寺井の作家としての才能に、まだ期待をかけてくれているかどうかはわからなかった。結局のところ、自分の趣味の話を従順に聞く若者であれば誰でもよかったのかもしれない。

金藤は、今は、秋にやってくるというヤッシャ・ハイフェッツの演奏会が待ち遠しいと、また目を輝かせて語っていた。

「先月の演奏会の後しばらくしてから大きな地震があっただろう。日本じゃ地震は珍しいことでもないが、オーストリアでは経験したことがないとかで、クライスラーはもう二度と日本には来ないと言っているそうなんだよ。残念だ。その分、ハイフェッツの来日が待たれるというものだけど」

「そうなんですか」

寺井も頷きながら、とても残念に思う。

だとしたら、あの演奏会と、連絡通路での一瞬の邂逅は、尚のこと得難いものだったのだ。

あの夜の時間の価値を嚙みしめる。


クライスラーが怯(おび)え、二度と来日をしないと言ったとされる地震は、振り返って考えると、九月の前触れだったのだろう。

その年、九月一日、午前十一時五十八分。

東京は、大地震に見舞われ、甚大なる被害が生じた。後に「関東大震災」と呼ばれた大地震だ。

震源地は、東京から八十キロ離れた相模湾の北西部。

金沢にいた寺井のもとにも、地震を直接経験しなかった身には信じ難い、耳を疑うようなニュースが次々に飛び込んできた。

東京では大きな建物が次々倒れ、焼け、これまで自分が知っていたような光景はどこにももう残っていないという。

地震発生時がちょうど昼食時と重なったせいで、多くの場所で火を使っており、火事の勢いがみるみる広がるのを誰もどうにもできなかった。ひどいところでは、火事は三日三晩消し止められることなく、周りを巻き込みながら燃え続けたという。

五月に足を運び、クライスラーの演奏を聴いたあの帝国劇場も、地震が発生したその日の夜には全焼してしまった。地下が繋がっていた東京會館も、焼失こそ免れたものの、壁に大きな亀裂が入り、内部もほとんどが崩れたため、壊滅的な状態だという。

東京會館、帝劇など丸の内の惨状を報じる新聞記事を、寺井は郷里の金沢で、茫然としながら読んだ。

九月五日の大阪朝日新聞の記事に、ある写真が掲載され、その様子を見ると、胸が激しくかき乱された。

『震火丸の内に及ぶ　右の建物は帝劇、左は東京會館』

説明のついた写真を、食い入るように見つめる。

意志を持った怪物のような煙と火が、帝劇から東京會館にかけて、上から舐めるように迫り、建物を覆いつくさんとしている。

あの帝劇が燃えてしまった、という衝撃は、寺井にも計り知れないものだった。クライスラーの演奏を聴いたばかりのあの場所が、もうどこにもない。

帝劇の支配人にして、東京會館建設の立役者のうちの一人——帝劇と東京會館を連絡通路で繋ごうという着想を、イギリスの視察から持ち帰ったとされる山本久三郎は、大震災のさなか自宅焼失の報を聞きながらも、帝国劇場の傍を片時も離れなかったそうだ。それが自分の使命だとばかりにお濠端に立ち、歯を食いしばって自分の愛する帝国劇場が焼け落ちていく姿を最後まで見届けた。

そして、東京會館もまた、落成して一年足らずで震災に見舞われたことになる。


小説『提琴の雨音』を書き上げた寺井は、震災発生のその頃は、ちょうど、原稿を金藤と仲間とに送ったばかりだった。

金藤も、今は寺井の原稿のことどころではないだろう。

寺井もまた、自分の知っていた東京が東京でなくなってしまったような気がしたまま、かといって自分に何ができるわけでもないことがもどかしかった。かつて胸を高鳴らせて見にいった、漱石が書いたという神保町の岩波書店の看板もまた焼失したらしいと人づてに聞いていた。

なすべもなく日々を送る寺井のもとに、金藤から「原稿拝受」の知らせが届いたのは、彼が楽しみにしていたハイフェッツが震災を経ても演奏旅行に来日した、十一月半ばのことだった。ただし、ハイフェッツの演奏会は帝国劇場で行われる予定だったものが、帝国ホテルの演芸場での公演となった。金藤は手紙の中で、そのことをしきりに嘆いていた。

「集めたレコードの大半も焼失せり」と文面にあるのを、寺井は胸が潰れるような痛々しい気持ちで読んだが、ひとまず、金藤が無事でよかった、と安堵する。

手紙の末尾、ついでのように感想がついていた。

「『提琴の雨音』を讀みました。實は、震災の前に讀んだ時には、作中の演奏會はあまりにもクライスラー氏のものに引き摺られていやしないか、また、大喝采の拍手を雨と水溜まりに喩える表現にも私は幾分の不滿がないではなかったが、震災を體驗した後の二度目に讀んだ折には、心持ちが變わった。クライスラー氏の演奏が、寺井君の心に殘したものの尊さと、帝劇で經驗した私の失われていた感動が甦り、可なりよかった。」

可なりよかった。

その一文を見た時、耳の奥で、音が鳴った。

震災で焼け落ちる前の、あの夜の、あの奇跡のような一連の出来事。

はっきりと視界が開け、自分が芸術というものの魅力を摑んだ、と感じた時に聞こえてきた豪雨のような拍手が、クライスラーの繊細なヴィブラートとともに甦る。

金藤の手紙をしまいながら、寺井は、文化の殿堂・帝国劇場と、あの華やかな社交の殿堂・東京會舘の一日も早い復旧を、静かに祈った。

第二章

最後のお客様

昭和十五年（一九四〇年）十一月三十日

仕事に出る前に、早起きして紅茶を飲むというのが、佐山健の朝の日課だった。

一階にある洋間の、ステンドグラスの嵌まった出窓の前で陽光を浴びながら新聞を読む。その日の朝もいつも通りそうした。お客様との話題に困るといけないと、三紙取っている新聞に順に目を通す。このところ、見出しには「翼賛」の二文字をよく見るようになった。

もともとは、「力を添え、助ける」という意味だったはずのこの言葉は、大政翼賛会の結成以来、一気に政治の言葉になった。〝政党と政府が対立する〟といった概念のもとに開かれていた従来の議会が、今は「翼賛議会」という名称を掲げて、〝政府に翼賛する〟という建前のもとに開かれている。

新聞に躍る文字もさまざまだ。

「翼賛政治」「翼賛体制」「翼賛議員同盟」に始まり、「翼賛図書刊行会」「全国飲料業同盟翼賛奉公会」「天業翼賛」。そして、「一億翼賛」。

政治だけではなく、生活にかかわるものでも、「翼賛食糧」「翼賛詩歌」「翼賛音楽」「翼賛紙芝居」。この頃では、記事の中に「翼賛美人」や「国民調髪『翼賛型』」などというものまで現れて、今は本当に何でもかんでも「翼賛」なのだ、と思う。
この日も、社説には『翼賛議會の解剖』という見出しがついていた。

『翼賛議會の解剖　國難來に發揚された一億翼賛の根本精神
――まづこの議會の輪郭は？

どうして今期議會を「翼賛議會」と呼ぶかといふと、それは夏の政變で第二次近衛内閣ができて間もなく、近衛公が大政翼賛國民運動を提唱し、（中略）一億翼賛の根本精神に立ち還つた議會だといふので、これを誰いふとなく翼賛議會と呼ぶやうになつたのです。

しかし、當初は、今期議會もなかなか無事にはすむまい、内政、外交、經濟すべてにわたつていろんな問題が山積してゐるのだから、議會側は相當猛烈に政府を攻め立てるだらう、とかういふ風に政界は觀測してゐたのです。

ところが、日、獨、伊三國同盟や、日本の南方政策などに對して正しい認識をしない米國は、わが國に向つて露骨に挑戰的態度を見せて來た。（中略）わが國としては國難來ともいへる大問題にブツかつたわけです。』

「あら、あなた」
　割烹着姿の妻の喜久子は、佐山が座っているのを見て目を丸くした。朝の支度を、紅
茶を淹れるのまで含めて、着替えも何もかも佐山は妻の手を借りず、すべて一人でする。
佐山がすでに出勤の恰好に着替えているのを見て、喜久子は戸惑っていた。
「今日も行かれるんですか。だってもう、出勤は」
「営業は確かにもうおしまいだがね。今日まではまだ片づけと、お迎えする準備がある
から」
　お迎えする準備、という言葉に喜久子は微かに顔を上げ、夫に何か言いたげなそぶり
をみせた。しかし、口にした佐山自身には含むところはないつもりだ。喜久子も「そう
ですか」とだけ答え、そのまま、朝餉の支度に戻っていく。
　しばらくすると、洋間に孫娘の順子が現れた。
　尋常小学校の制服を着て、「おはようございます、おじいちゃま」と呼びかける。も
う小学生だというのに、幼い頃から親しんだ「おじいちゃま」「お父ちゃま」という呼
び方を変えずに困っている。
「おはよう」
　祖父によく懐いた孫娘だ。朝、紅茶を飲み、新聞を読む祖父の前で、何が楽しいのか、
その姿をじっと飽きるまで見つめている。しかし今日は、順子が入ってくると同時に佐

山は新聞を閉じ、それをテーブルの上に置いた。

紅茶を飲む佐山を、順子はしばらく見ていたが、ややあって言った。

「おじいちゃま、なんだか元気がないように見える。そんなことない？」

「そんなことないよ。いつも通りだ」

「うん……」

我が孫ながら、順子は昔から聡いところのある子供だった。その孫がもじもじした様子でこちらを見ている。

「どうした？」

尋ねると、順子はしばらく俯いていたが、やがて、「あのね」と顔を上げた。

「――もう、二月の屋上パーティーはないの？」

ああ、そのことか、と思うと同時に、順子もまた、事情をある程度察しているのだな、と気付く。佐山は、努めて表情を変えずに「これからしばらくは難しいだろうね」と答えた。

毎年二月の初午の日、東京會舘の屋上では全従業員とその家族を招いて、盛大な慰安会が行われていた。佐山の息子や孫たちも、毎年楽しみにしていた。

東京會舘の屋上は、土が盛られ、植木や滝、川には橋まで架かった日本庭園になっている。

夏の間は「納涼園」と称して開放され、花火見物で賑(にぎ)わう。周囲に提灯(ちょうちん)が下げられ、風鈴や虫の声が聞こえるあの場所で見る両国の川開きの花火は、それはそれは美しく、迫力があった。あたりにほとんど高い建物がないおかげで、目の前の空いっぱいに花火が咲き誇る感じがするのだ。

あの場所に、二月に入れることは珍しかった。冬の日本庭園も従業員だけが知るよさがあり、雪の日にそこから眺める東京の澄み切った空は絶景だった。

「またいずれ、行こう」という声が出かかる。

しかし、そんな日が本当に来るのかどうかは、当の佐山にもわからなかった。ごまかすように口にすれば、聡いこの娘に見透かされるような気がして、口を噤(つぐ)む。

朝食を済ませ、玄関で靴べらをあてて革靴を履く。

立ち上がり、「行ってくるよ」と声をかけると、喜久子がこちらをじっと見つめながら「行ってらっしゃい」と頭を下げた。

引き戸を開けて外に出ると、いい天気だった。帽子をかぶり、佐山は、いつもよりはゆっくりとした足取りで、丸の内を目指す。

『そんなことないよ。いつも通りだ』

順子に向けて答えた自分自身の声を、歩きながら、噛みしめた。

――そう、実際いつも通りだ。

朝起きて、妻の手を借りずに身支度を済ませ、出勤前にはお客様のために新聞を読む。佐山のいつもの朝は、明日も明後日も、その次の日も続くだろう。

ただ、仕事に向かう場所が変わるという、それだけのことだ。

――大正十一年の創業から自分の職場だった東京會館を、佐山と仲間たちは今日で去る。

1

変化はまず、建物の玄関に現れた。

佐山は顔を上げ、支えを失った玄関の庇を見上げる。

正面玄関に張り出した庇の下には、去年まで四本の鉄製の支柱があった。この柱が取り外されたのが、変化の始まり。

佐山は一人、静かに深呼吸して、玄関を眺める。

これまで幾度となく前に立ち、お客様を出迎え、見送った車寄せには、今日、一台の自動車もなかった。

佐山がここに勤め始めたばかりの大正の頃は、この場所には自動車よりは馬車や人力車の方が多かった。あれから随分時間が経ったのだ。

――あの震災から、よくぞここまで。

建物を外から見るたび、震災を記憶している佐山は、信じられない気持ちになる。

ここの壁も、あの当時は見るも無惨に崩れ、建物の二階部分は腰がくだけたようにねじれていた。柱が大きく傾き、外壁はほとんど落下して、鉄骨があられもなく露出していた。一階と三階の外壁に入った大きな亀裂は、あの時、この建物に関わる者すべての心に入った傷の大きさを表しているように感じられたものだった。

それが今や、こんなにも美しく甦っている。

東京會館のレストランや宴会場の業務は十日前の十一月二十日までだった。だから、従業員のほとんどがもうこの建物を去った。

片づけをする、と佐山は今朝、喜久子に言って出てきたが、実を言えば片づけというほどのことはもうほとんど何も残っていない。食器も絵画も調度品も、業務を終えてもそのままでよいと言われている。それでも、まだどうしてもここにいたくて朝から来てしまった。

静かな門の前に立つと、朝の丸の内は夜とも昼とも違った爽やかな顔をしている。しかし、遠くに人の行き交う様子や車の流れを見ても、今日はそこに音を感じない。顔を向けると、皇居のお濠を、黄色い太陽がキラキラと染めていた。

支柱を失った庇は、バランスを崩すこともなく変わらぬ様子で玄関の上に留まっている。

その庇に、心の中でそっと「お疲れさま」と呼びかけ、佐山は一人、お濠の側に回り込む。

花模様のステンドグラスで飾られた窓の下には、草花が植えられていた。花壇の土が湿っているところを見ると、誰かが今朝も水をやったのだろう。

お濠側にある入り口が、微かに開いている。

「おや、佐山さん」

入り口から顔を出したのは、東京會舘内のレストラン、プルニエの支配人・東原だった。手に如雨露を持っているから、花壇の水はどうやら彼が毎日やっていたのだろう。

佐山がそうであるように、東原も通常の営業日と同じ、畏まった恰好をしている。

「今日もいらしたんですね」と言われ、佐山は笑って「私は最後まで来なくては」と答えた。

「お出迎えして、建物の説明をする大役を仰せつかっていますから」

「ああ、そうでしたね」

「東原さんは」

「まだ今日までは建物に入れると聞いたので、最後の片づけを」

佐山と東原は同年代だが、佐山が三十代の終わりから東京會館勤務で来たのと違い、東原は六年前のプルニエ開店からここに移ってきた。そのせいか、いまだに丁寧な話し方がお互いに抜けない。

佐山を見て、東原が少しの間、黙った。

二人でしばらく、無言のまま建物を見上げる。しばらくして、「どうですか、お茶でも」と誘われた。「いいですね」と佐山も甘えて、中に入る。

十日前までの朝と、東京會館は明らかに違った。

もう、この場所は食事や結婚式のお客様を取らない。そのための準備をもう必要としない。

それでも、館内にはまだ、佐山や東原と同じように、最後の片づけや掃除に来ている従業員も少なからずいた。佐山の姿を見かけると、「おはようございます」と声をかけてくる。もう人手に渡る建物だというのに、高い場所にある窓を、はしごをかけて丁寧に拭く若い従業員の姿もあった。

東原に案内され、プルニエの席に座る。

厨房の見えるオープンキッチン方式の席に、こんなふうにお客様の立場で座るのは初めてだ。

しかし、その奥で、本来ならこの時間、忙しく仕込みの準備に入っているはずのシェフたちの姿はない。皆、今日からはもう帝国ホテルの厨房に立つと聞いている。

人の気配のない、静かなプルニエの店内を見回す。客席を囲んだ両開きのステンドグラスの窓から明るい光が差しこんでいた。

二人用のテーブル席の一角には青磁色の瓦を使った屋根と小さな庭が設けられ、やってきた外国人のお客様から「南欧のテラス付きパテオで食事をしているようです」と言われたことがあった。高級感がありつつも、開放的でくつろげる雰囲気に満ちたこの場所が、佐山も好きだった。

座っていると、いい匂いが漂ってきた。厨房の方へ顔を向け直す。

「まだ、紅茶の茶葉がありましたか」

「これぐらいならまだね」

東原が、佐山と自分の分、二組のカップをトレーに載せて戻ってきた。佐山の前に座り、「名残惜しいですね」と呟く。

そして、微笑んだ。

「私でさえこんなに名残惜しいんだから、佐山さんはもっとでしょう。何しろ、ずっと東京會舘一筋だから」

「おかげさまで、恵まれた勤務をさせてもらいました」

東原がカップに紅茶を注ぐ。

白く細い綿のような湯気が、プルニエの天井に向けて立ち上る。星形の金属片がちりばめられたこの天井は、夜になるとスタンドの灯りだけで星空が現れるという趣向になっていて、それが、お客様にはすこぶる好評だった。


佐山の東京會舘勤務の経歴は、おそらく、従業員の中で一番古い。

もともと、佐山は東京會舘にほど近い、帝国ホテルの従業員だった。ホテルマンとして経験を積む中で、三十九歳の時に当時の上司が、創業予定の東京會舘に声をかけられた。

日本初の民間の力のみで成る社交場に、ライバルとなる帝国ホテルでの経験を生かしてほしいと引き抜かれた形だったが、それに佐山も誘われた。帝国ホテルへの愛着はあったものの、丸の内に築かれていく東京會舘の建物を目にするうちに気持ちが決まり、上司とともに、創業時から東京會舘にかかわることとなった。その頃の身分はまだボーイと呼ばれていた。

開館式の日、一階の大食堂で行われた大午餐会の片隅で、詰めかけた七百人を超えるお客様に給仕をしながら聞いた藤山雷太氏の挨拶を、今も覚えている。

『外観や設備が壮麗であるところから、上流貴族のための設備と誤解する人がいるかもしれない。しかし、會館の本意はあくまで社交の民衆化にある。社会が平和と協調とを保つためには、健全な社交場が必要である。そのためには、誰でも自由に利用できるように留意した』……。

紆余曲折あって宿泊部門が不許可となった東京會館は、宴会と料理を専業とするユニークな施設だった。

僭越なことながら、藤山氏の挨拶にあった「誰でも自由に」という言葉は、従業員である佐山の胸にも響いていた。東京會館は自分の場所だ、という思いが今でも強いのはそのためかもしれない。誰かが築いた歴史の中に〝お邪魔する〟ような気持ちがあった帝国ホテルと違い、東京會館は、自分たちが守り、自分と一緒にここから歴史を築いていくのだと。その気持ちは従業員の大部分に共有されていたと思う。

――しかし、華やかな開館式からわずか十ヶ月。

関東大震災により、東京會館は休業に追い込まれた。

東京會館は幸い、焼失は免れることができた。近くにある警視庁や帝国劇場が次々火災で焼け落ちる中、猛火と煙にすっぽりと包まれながらも、内部に燃え移らなかったのは不幸中の幸いだった。

しかし、焼失こそしなかったものの、建物の構造に関わる被害は甚大だった。付帯設備の被害も大きく、暖房や製氷、電気設備など、宴会業務にかかわる多くのものが使いものにならない状態だった。

あまりの被害の大きさに、一時は會館の建物を解体したらどうかという意見すら出されたほどだ。

しかし、建設費三百万円と言われる東京會館の解体費用は、見積もってみると約百万円とされた。建物の破損箇所を補強して再建する費用も、試算すると同じくらい。要するに、退(ひ)くにも往(ゆ)くにも同じ金額がかかる。もちろん、その間は営業を再開できない。

休業に追い込まれた東京會館の行方を心配しつつも、佐山はその頃また、帝国ホテルに呼び戻されることになった。

昔の上司が心配し、佐山が再び帝国ホテルで働けるよう便宜を図ってくれたのだ。

東京會館が再建される目処(めど)も立たない中、声をかけてもらったことには感謝しているが、佐山にはなんとも切ない、苦渋の選択だった。

「震災で帝国ホテルに移った時は、まさかまた自分が東京會館に戻れるとは思っていませんでしたよ」

佐山が言う。紅茶を一口飲むと、身体が少し温まった。

「あの時期に帝国ホテルに拾い上げてもらわなかったら、私は路頭に迷っていたのでしょうが、それでも東京會館には未練がありました。敵のもとに身を寄せるような気持ちがしたと言ったら言いすぎでしょうが、口惜しい思いをしたものです」

「あの日の帝国ホテルは劇的でしたからね。——そうか、あれからもう何年ですか」

「十七年と三ヶ月ですね」

東原もまた、その当時は帝国ホテルのレストランで働いていたはずだ。

大震災に見舞われたあの日、帝国ホテルが驚くべき歴史を刻んだことは、あまりにも有名な話だ。

帝国ホテルは、震災の前年、本館が火災で焼失し、東京會館がオープンした時には新本館を建設中だった。

そして、震災が起こった九月一日は、奇しくもその新本館の落成披露宴の日だったのだ。

あの日は、丸の内にライバル・帝国ホテルがより強大な存在となって戻ってくることを思い、佐山たち東京會館の従業員も朝からなんとなくそわそわしていた。

「東原さんは、あの日はどちらに」

「本館落成のパーティーを手伝っていましたよ。何しろ、招待客は五百人という話でしたし。今でも覚えてます。支配人の犬丸さんが、紋付袴に白足袋の礼服姿で調理室に飛び込んでこられて、油の煮えたぎった大鍋の火を止めたのを」

その日の地震の揺れについて、帝国ホテル支配人、犬丸徹三は後に「……大地が大揺れに揺れ、建物は突き上げられ、突き下げられ、前後左右に揺れた」と回想して書いている。

思い出話と思えば、すべてが懐かしく、笑って話せるようになる。口元に笑みを湛えた東原が、「披露宴は中止でしたが、その後の炊き出しや救援を手伝いました」と続けた。

「社屋をなくした新聞社や通信社がやってきて、部屋を貸したり、あの日はてんやわんやでした。――帝国ホテルが無事だったので、その後すぐに各国の大使館も拠点を置きましたし、しばらくは人が押しかけて大変でしたから」

そう、あの日、周りの建物が次々と焼失し、使い物にならない状況に追い込まれる中、帝国ホテルの新本館は、ほとんど無傷に等しかった。あの震災を見事に耐えたのだ。

このことは、地震国・日本の状況を知り尽くしてこの建物を設計したアメリカの建築家、フランク・ロイド・ライトの設計の勝利だと言われた。

被災したのは東京ばかりではなく、震源地に近い横浜もまた、壊滅的な被害を受けていた。日本におけるホテル、レストランの発祥地とされ、特に外国人を相手とした由緒ある横浜のホテル群が全滅した中で、帝国ホテルが無傷であったことの意味は大きかった。

そして、震災の大火により拠点を失った帝国劇場もまた、そんな帝国ホテルを頼った。

震災から二ヶ月後の大正十二年十一月九日、来日したヤッシャ・ハイフェッツのヴァイオリン・コンサートが帝劇から急遽（きゅうきょ）、帝国ホテルの演芸場に場所を移して行われた。

帝国劇場は、それをきっかけに、それ以後も帝国ホテルの演芸場を足場に復興に力を入れた。予定した芝居や催し物の多くを帝国ホテルで行う一方、震災の翌年十月には帝劇の復旧工事を終了。その月のうちに改築記念興行を行うまでに回復していった。

しかし、帝国劇場の復興を目の当（ま）たりにしながら、東京會館の再建計画の方は遅々として進まなかった。

百万円と言われる再建のための資金調達ができないのだ。帝国劇場には過去十年の歴史に伴う余剰積立金もあったが、創業間もない東京會館は、多額の建設費をかけたため、被災の折はまだ赤字経営だった。

帝国ホテルに呼び戻されていた佐山は、東京會館が気がかりだった。休業に伴い、散り散りになった仲間にも申し訳ないような気がした。

悪いことはさらに重なる。東京日日新聞の見出しに、「東京會館の醜骸」の文字を見た時の佐山の衝撃は言葉にならなかった。

『東京會館の醜骸　遂に訴訟沙汰　五十五萬圓を拂はぬと　藤山雷太氏訴へらる

……東京會館は震災の痛手から未だに復活の曙光さへ見えず尨大な形骸のみ徒らにそびえてゐるが同會館の經營者藤山雷太氏は廿二日突如三井銀行取締役三井源右衛門氏から横濱市西平沼町七五代議士平沼亮三氏と共に約束手形五十五萬圓請求を東京地方裁判所へ提起された。』

（大正十三年十二月二十三日付東京日日新聞）

あの美しかった場所が「醜骸」と表され、「復活の曙光さへ見えず」、「形骸のみ徒らにそびえてゐる」と活字にされたことの口惜しさと哀しさに、佐山は胸が張り裂けそうになった。

そして、心の底から東京會館の復活を待ち侘びるようになる。會館の復活の際には、どんなことがあっても駆けつけ、再び東京會館に尽くしたいと願うようになった。

「震災の後は、まさか再び會館がこうまで立派に甦るとは思っていませんでしたよ」

当時の建物を思い出して、佐山は苦笑する。

今朝、外壁を見上げて、つくづく感じたことだ。復旧していく東京會館の壁を、あの当時も、佐山は毎夜、帝国ホテルを出た後で回り道して眺めに寄った。

東原が頷く。

「一時は鉄骨が露わになっていましたね。壁などもボロボロで」

「無事だったのは、四階と五階くらいのものでした。改築では、清水組が会社の技術の粋を結集して、本当に頑張ってくれました」

一階と三階の外壁に刻まれた大亀裂が埋まった時には胸のつかえが取れた。亀裂と一緒に、自分の胸にも大きな穴が開いていたのだと気が付いた。

周りの建物の復興にだいぶ遅れ、どうにか着工が叶った東京會舘の復旧工事を請け負ったのは、創業時に會館の建設を行った清水組だった。

しかも、復興費用はその半額を清水組が負担する。最初にそう聞いた佐山はとても驚いた。一体なぜ、と不思議に思ったが、それは清水組が東京會館のこの改築工事を自分たちの名誉挽回の好機だと考えたためだった。

あれだけの震災を耐えられた建物などそうはない。震災は避けられない自然災害であり、誰にもどうしようもなかったことだ。だから、建物を作った清水組に責任を求める声はどこにもなかったのにもかかわらず、清水組は、それでも自分たちが建設した建物が壊れたのだから、と負担を申し出たのだという。

この漢気溢れる対応に、元従業員として、佐山は言葉がなかった。震災の後、誰もが余裕を失い、自分のことで手いっぱいな世の中にあって、清水組からのこの思いは佐山の心に深く沁みた。

信用回復のためもあり、背水の陣で復旧工事に取り組んだ清水組の若い衆は、毎夜、佐山が進捗状況を見にいく日が暮れた頃にも會館の周囲でまだ作業をしていた。その姿を見ると、胸が熱くなった。

すべての工程が完了したのは、大正天皇が崩御され、昭和と改元されてから二ヶ月後の昭和二年二月末。――実に、一年九ヶ月の長期工事だった。

完成した建物の前に、佐山は感慨深く立ったものだ。

新装東京會館の外観は、変わったところと言えば、二階のお濠側に張り出しのベランダが新しく取りつけられた程度で、ほぼ震災前の状態に復旧された。その姿に、佐山は言葉がなかった。

以降、それから今日に至るまで、館内のあちこちを見るたび、震災前と震災後、その両方の姿を重ね合わせ、頑張ってくれた清水組に対し感謝の念に堪えない。よくぞここまで、という深い感動は十年以上経った今も冷めない。

そして、佐山の人生にも、それと並行して転機が訪れていた。

2

中身が半分ほどになった佐山のカップを覗きこみ、東原がポットを持って注ぎ足そうとする。

「佐山さんはまるで東京會館に呼ばれたような人ですね」

佐山を試すような目つきで、東原が笑う。

「狙ってそうできたわけでもないでしょうけど、東京會館に必要とされてそうなったような気がします」

おかわりを注ごうとしてくれる東原の動きに、右手をカップの上にかざして断りながら、「そんなたいそうなものではないでしょうが」と答える。実際、なるようになっただけだった。

しかし、それでも。

「実際、私は幸運な人間なのでしょう。あの当時はまさか、敵同士だった東京會館と帝国ホテルが今のように手をつなぐようなことが起こるなんて、夢にも思わなかった」

東京會館の再建計画が徐々(じょじょ)に形になるにつれ、佐山は再び、會館に戻る道を考えていた。

再建してしばらくは、きっと落ち着かない日々だろう。今のまま帝国ホテルにいた方がよいかもしれない。無理を通して、佐山を帝国ホテルに戻してくれた当時の上司にも面目が立たない……。

懸念はさまざまにあった。しかし、佐山は、苦難続きだった東京會館の力になりたいと強く感じていた。

創業から一年に満たない勤務だったが、開館式の日から見守ってきた東京會館は、佐山にとっては我が子のように愛おしい存在だった。

鳥の雛がすくすくと成長するように、本来の力で羽を伸ばしていけるはずだったものを、自分が途中で手放したのだ、とでもいうような心残りがあった。当時會館で働いていた仲間も皆、散り散りになっている。もし、新たに従業員の募集があるのならば手を挙げようと思っていた。

しかし、そんな佐山の心配は杞憂に終わる。

東京會館の経営陣が、驚くような方針を示したからだ。それは、再建後の東京會館の運営を帝国ホテルに委託する――というものだった。

上司からその話を聞かされた佐山は、にわかには信じられなかった。

社交の殿堂となる夢を道半ばで断たれ、ようやく営業を再開できるという東京會館が、商売敵であったはずの帝国ホテルの傘下に入る。新しく従業員を募集するのではなく、帝国ホテルの従業員が東京會館の従業員として働く。

かつて東京會館にいた、という変わり種の経歴を持つ者は、そう多くなかった。佐山は一も二もなく東京會館への勤務を希望し、それは受け入れられた。帝国ホテルの従業員という立場そのままで、佐山は念願の東京會館への復帰を果たせることになったのだ。その関係は、あれから今日まで変わっていない。

敵の傘下で復活を遂げた會館の運命を皮肉だと口にする者は多いが、佐山の場合は、それは僥倖に他ならなかった。奇跡のような巡り合わせだった。

こうして東京會館は、昭和二年四月一日、再建改築記念パーティーを開催し、三年七ヶ月ぶりにようやく営業を再開した。記念パーティー会場では、もちろん佐山も給仕を務めた。

そして、新装成った東京會館と、ベテラン揃いの帝国ホテルの従業員の力によって、東京會館はそこから黄金時代を迎えていくことになる。

この時代の東京會館に、佐山は相当鍛えられた。

新しい東京會館のお客様に今後も贔屓にしてもらえるかどうかのすべてが自分たちの接客にかかっていた。帝国ホテルで佐山の顔を覚えてくださっていたお客様が會館にもいらっしゃって「おや、今度はこっちなの」と声をかけてくださるのは嬉しかったし、また、まったく新規のお客様たちとこの場所で新たに関係を作っていくのもやり甲斐がある仕事だった。

お客様に頼りにしていただける日々は嬉しく、充実していた。年月を重ねるうち、いつの間にやら新規のお客様は常連に、佐山も、ベテランの黒服と呼ばれる存在へと変わっていった。

東京會館で、これまで佐山がお迎えしたお客様は数知れない。「佐山くん」と名前を覚えて親しげに呼んでくださる年配の方も多くいたし、「佐山さんが言うことなら安心だから」と料理の食べ方を聞いてくださる奥様もいた。「いつか、社長にしてやるからね」と冗談めかして言った公爵もいた。

東京會館とお客様とが、ここで、佐山を育ててくださったのだ。

現在の東京會館一階には、東原が支配人を務める「プルニエ」と、「グリル」「ダイニング」と呼ばれる三つの食堂がある。

このうち、プルニエは、昭和九年に開業したものだ。

東京會館が非常に力を入れたレストランで、内装もとても凝っていた。中でも天井にちりばめられた星形の金属片の仕掛けには、当初、だいぶ驚かされた。室内にいながらにして、照明によって、星がきらめく夜空が現れるのだ。

それまで帝国ホテルのレストランに勤務していた東原が、改築まもないプルニエにやってきたのが、昨日のことのように思える。

同年代の東原に、「東京會館のことは佐山さんに聞けと言われましたよ。これからよろしくお願いします」と砕けた口調で挨拶され、佐山もそれが嬉しくて、「こちらこそ」と頭を下げた。

「早速ですが、恥ずかしながら、ご教示願ってもよいでしょうか」

「なんでしょう。佐山さんにお教えできるようなことがあるといいのですが」

「店名の『プルニエ』とは、一体どういう意味ですか」

尋ねると、東原の顔に一瞬きょとんとした表情が浮かんだ。それからすぐ、その顔が打ち解けた笑顔になる。「そんなことですか」と彼が言った。

佐山は頭をかきながら、「今聞かないと、この先ずっと聞けなくなりそうだったもので」と弁明した。

「響きがいいので、それに流されて意味を知らないまま口にすることになるのではないかと、気になりました。『プルニエ』は、やはり仏蘭西(フランス)語ですか」

「律儀な人ですね、佐山さんは」

東原がふっと笑った後で、教えてくれた。

「プルニエというのは、もともとは仏蘭西語で〝西洋すもも〟という意味だそうです。けれど、私たちのレストラン『プルニエ』の名前の由来はそうではなくて、人名です。昔、パリにいた魚屋のムッシュー・プルニエの名前からとっています」

「その人はどんな」

「ムッシュー・プルニエはいつも新鮮な魚を提供することで有名だったんです。魚屋の隣にレストランを出し、臭(にお)いを嫌ってあまり魚を食べなかったというパリ市民に、新鮮な魚を香料や酒を使って見事な料理に仕上げて提供した」

東原が嬉しそうな顔つきで説明する。

「かくしてレストラン・プルニエの魚料理はパリ市民の評判を取り、店は一躍有名に。プルニエという言葉は、それに伴って魚料理の代名詞となりました。――東京會館のプルニエは、料理長の田中徳三郎がパリのプルニエで修業をしたことから実現しました」

「つまり、仏蘭西の有名店のメニューを日本に居ながらにして食べられるということですか」

素朴な感動を口にすると、それまでずっと低姿勢に礼儀正しかった東原の目が、初めて、野心的とでも呼べるような光を浮かべた。

意外なことに、彼は「いいえ」と答えたのだ。

「身内を誇るようで大変おこがましいのですが、東京會館のプルニエは本場パリのプルニエ以上であると考えております。――今、本格的な仏蘭西料理の本家は、パリのホテル・リッツであるとされていますが、東京會館プルニエの田中料理長は、パリ・プルニエでの修業の後、ホテル・リッツでも修業を積みました」

「ほう」

急に輝きを増した東原の目は、生き生きとしていた。「田中によれば」と続ける。「リッツの料理は、風味や風格でプルニエの料理より格段上かもしれないが、その違いは一言で言えばバターの使用量の差なんだそうです。なんでも、ホテル・リッツはプルニエの三倍のバターを使っているんだとか」

「田中さんは、その両方の味を知っているというわけですね」

「その通りです」

東原が力強く頷いた。

「東京會館のプルニエは、パリ・プルニエの料理をホテル・リッツ方式で調理することになります。――すぐに、パリ・プルニエを超える評判をいただくことになるのではないかと期待しております」

自信に満ちた口調で語る東原は、店の設備や内装よりも、料理やサービスについて語る時の方が情熱的な人だった。

佐山は彼を、この挨拶の瞬間から信頼し、そして、とても好きになった。

そして、今日――。

「さみしくなりますね」と、東原は言う。

プルニエもまた、これで営業停止となる。

レストランの入り口にはガラス張りの生け簀（す）があり、そこでは十日前までは川鱒がたくさん泳いでお客様の目を楽しませていた。注文が入るたび、調理人が網ですくう様子をお客様に見せられるのも、この店のよいところだった。

川鱒は、帝国ホテルのレストランに引き取られていったという。

思えば、東京會館は創業の頃から、「舌平目（したびらめ）の洋酒蒸（ボン・ファム）」がすでに結婚披露宴の献立に出ていた。本格的な仏蘭西料理を扱う、数少ない場所だとされた。伊勢海老のテルミドール、甘鯛のパピヨット、夏の鮑（あわび）……。

東原の言った通り、本場仏蘭西のプルニエより美味しいという評判を受けた料理の数々は、華族階級を中心に多くの顧客を集めた。時には皇族のご来駕もあり、お客様は、いつも途切れなかった。

「去年の冬でしたか、三重県の志摩から〝牡蠣娘〟が来てサービスをしていましたね。あれは風変わりで楽しい趣向でした」

「ああ、赤い襷（たすき）に絣（かすり）のもんぺ姿で」

佐山が言うと、東原が微笑んだ。

西洋料理のレストランで、もんぺ姿の〝牡蠣娘〟が直接生牡蠣をサーブする。こんな趣向も東京會館ならではと言えた。

大正期にはまだ華族や政財界の名士――一部の特殊な人たちの施設という印象もあっ

た東京會館だが、昭和に入ってからは大衆の手頃な社交場として知られた存在になった。

バーや撞球場の存在を東京の人に知らせる先駆けにもなったようだし、夏の屋上納涼園では多くの人たちが屋外ですき焼きや仏蘭西料理を楽しんでいった。東京會館のすき焼きは、東京では初めてという〝京風すき焼き〟で、わざわざ京都から呼び寄せた専門の調理人が肉を切っていた。「あの人は包丁さばきからして違うね。切っただけで肉に艶が出るようだ」そんなふうに、お客様の多くが喜んでくださっていた。

思い出話は尽きることなく、続く。

佐山の方から「そろそろ」と申し出て、紅茶の礼を伝え、席を立つ。

プルニエを出て階段に向かう途中、バーの前を通ると、中に人が残っていた。若いバーテンダー見習いが一生懸命、カウンターの表面を磨いている。

佐山が見ていると、彼が気付いた。確か、今井（いまい）とかいう名だったはずだ。目が合い、思わず「ご苦労さま」と声が出た。

「君も今日まで来ていたんだね」

佐山が話しかけると、今井が頷いた。

「一日経つと、埃（ほこり）は積もりますから」

見れば、固く絞った雑巾を手にしている。カウンターを降り、その表面を静かに撫でる。

「僕の他にも、バーのメンバーは、今日もみんな来ています。もうお客様はいらっしゃいませんが、それでも、引き渡す時に埃が積もった状態のままでというのはちょっと……。このカウンターはグラスの跡も残りやすいんです」

「そうですか」

そう答える佐山の横を、重たげな酒瓶を入れたケースを抱えた別のバーテンダーが通っていく。今井もまた元通りカウンター磨きの作業に戻った。

その姿を見ながら、佐山の心にふっと影が差す。この若者たちが、いつまでも元気にバーの仕事に励めたらいい、そんな世の中であってくれたら——とそんなことを思った。そう願う気持ちを止めることができない。

今日の午後、佐山は東京會館に最後のお客様を迎える。

三十九歳で震災前の東京會館に仕えてから、今年でもう五十七歳。遅かれ早かれ、引退の日は近かった。

會館を去る時が、少しばかり早まっただけだ。

自分に言い聞かせるようにして、佐山は他の階の部屋へと、最後の挨拶に向かう。

3

五階への階段を上った先に、東京會館の結婚式場がある。

震災後の復旧工事の前と後で、一番大きく変わったのがこの五階だ。

それまであった宿泊用設備がホテル営業の許可が出ず、無駄に終わったため、再建の際にはすべてが宴会用の小部屋へと改装された。今は、総檜造りの神殿と、御簾を下げ、几帳、床几などをしつらえた古式ゆかしい結婚式場も設けられている。奥には専門の美容室と着付室もある。

これまで数々の新郎新婦を見送ってきた場所も、ほぼ片づけを終えたのか、今日は静かなものだった。同じ階にある美容室や写真室の方にも、人の気配はほとんど感じられない。

厳かな神殿を最後に覗き、静かに手を合わせた。

佐山はそのまま、三階に降りる。

三階には、「格天井の間」と呼ばれる美しい部屋があった。

周囲に廊下が取りつけられ、奥の正面には一段上がったところに日本式の舞台がしつらえられている。

舞台手前の壁には、山村耕花画伯が描いた舞姫の絵が飾られていた。

天井は、部屋の名の通り、和様舟形の肘木の上に黒漆塗り金色金具のついた折上組入の格天井だ。大理石張りの柱と西陣織を張った壁、腰に紺地紙を張った金襖、その上にあしらわれた牡丹浮き彫りや花菱模様の透かし彫りの欄間(らんま)。

格調高い宴会場は、シャンデリアもぼんぼり型の和風の造りだった。

この場所で結婚披露宴を行う人たちもいた。いずれも、立派な家柄の人たちだった。財閥や華族といった上流階級のお客様が「結婚式は東京會館で」と言ってくださる、その信頼が嬉しかったし、働く佐山たちにも張り合いがあった。結婚式当日、「今日はよろしくお願いします」と定紋を染め抜いた揃いの印半纏(しるしばんてん)を着た若い衆が、佐山たち従業員にまで挨拶をしてくれたこともよく覚えている。

大きな家と家の結びつきである結婚式は、時に会社ぐるみで大々的に祝われ、そうした印半纏姿の社員たちが式場の前に居並ぶ姿は壮観だった。

在りし日の光景が、すぐ目の前に開けるようだった。思いを断ち切るように格天井の間を出て、階段を降りようとすると、上から思わぬ人が降りてきた。

「あら、佐山さんじゃないの」

手に大きな箱を持ち、エレベーターも使わず降りてきたのは、五階の美容室を取り仕切る、遠藤波津子(えんどうはつこ)氏だった。

上品だが華美すぎない刺繍(ししゅう)の入った帯を締め、凛(りん)とした着物姿でてきぱきと場を仕切る彼女は、日本に洋式美容室第一号を開いた初代・遠藤波津子から名を受け継ぐ三代目だ。もともとは初代の弟子だったというが、早世した二代目にかわって「理容館」を切り盛りしてきた。

理容館と呼ばれる彼女の美容室は銀座にあり、化粧のみに頼るのではなく、女性を内側から美しく、と考案された美顔術を日本で初めて用いたことで知られる。まだ明治の頃のことだ。遠藤理容館は、この美顔術と婚礼の着つけを行う美粧部、髪専門の結髪部の二つの部門からなる。

今でこそ、東京會館や帝国ホテルでの式は珍しいものではなくなったが、以前は、花嫁の支度は家で行われるのが常だった。

遠藤理容館も、かつては花嫁の自宅まで出向くことが大半だったが、宴会場での婚礼の需要の高まりに伴い、今では東京會館と帝国ホテルに美容室を置くまでになった。佐山と彼女も長いつきあいの顔見知りだ。

婚礼の美容は、理容館に任せておけば間違いがない。遠藤波津子氏の理容館は、東京會館の結婚式を長く支えてきた。とはいえ、彼女は婚礼がない日は銀座にある理容館の本店を守っているはずなので、こんな日にまさか姿を見かけるとは思わなかった。

「遠藤さん。いらしてたんですか」

「だって、自由に入れるのは今日までだって言うでしょう。お世話になった建物へのお別れもしたいし、忘れたものがないかと思って、確認に」

三代目・遠藤波津子は、今年で五十四歳。本名は三浦京子という。

海軍主計大監磯山俊雄氏の長女で、銀行家の三浦善次郎氏のもとに嫁いだ。婚家先の父・三浦安氏は、和歌山県少参事を務め、後に貴族院議員、第十三代東京府知事を経て、宮中顧問官となり、従二位勲一等に叙せられた人だ。その家の若奥様であった彼女は、もともと初代が営む理容館に通う客の一人だった。

しかし、その後、夫の三浦氏が急逝。残された彼女は、婚家の反対にあいながら、絶縁を申し渡されることも覚悟で、子ども四人を連れて初代の門に弟子入りした。女性として自立の道を選ぶことがどれだけ困難なことだったのかは、佐山の想像にあまりある。この経歴からだけでも充分な信念と情熱を感じさせる三代目は、美容を生業とするにふさわしい、気っ風のよい美人だ。

姿勢が正しいせいか、実際よりも背が高い印象があり、いるだけで場が華やぐような雰囲気がある。しかし、ひとたび花嫁の横に控えると、その雰囲気が不思議と花嫁を立てるように静かにひそむ。

婚礼の支度の際には一つ紋の入った訪問着か付け下げ、江戸小紋などの正装だが、普段は色柄の目立たない慎ましやかな恰好を好む。今日も、紺色の着物がよく似合っていた。

「持ちましょうか」

手にした重そうな箱を気遣うと、「平気よ。持てます」ときっぱりした声が返ってきた。

ふう、と一つ息を吐き出して箱を置き、彼女の目がいたわるように佐山を見た。

「佐山さんもお疲れさま。先方がいらっしゃるのは、午後だという話だけど、あなたが引き継ぎをするの？」

「はい」

「そう」

彼女の持っていた大きな箱は、蓋が閉じられているせいで何が入っているのかまでは見えなかった。一昨年の国家総動員法の公布に伴って、世の中はさまざまなことが変わった。女性のパーマネント自粛の動きが広がった際には理容館の道具を片づけたと、彼女から聞いていた。

大変ですね、とあの日も声をかけた佐山に、遠藤さんは何ということもないように微笑んだ。「いずれまた必要になるかもしれないから、とっておくの」と。

「パーマネントは人気があったし、素敵な技術だから、いずれまた、必要な時がきっとくるわ。それまでは残念だけど、しまっておく」

――今またあの日と同じように、遠藤さんが微笑んだ。

「お疲れさま。また、よろしくね。いつか、東京會館にも結婚式が戻ってくるでしょう。その時には、ぜひ盛大に新郎新婦をお祝いして差し上げましょうね」

「そうですね」

それ以上のことを言えない佐山の心中を察したように、遠藤さんはもう一度、今度はからからと軽い声で笑って言った。

「大丈夫。いずれきっとそうなるわ。だって、どんな時だって世の中に男性と女性がいる限り、結婚はあるのよ。私たち、必要とされるわ」

「――ええ」

「今日までお世話になりました。帝国ホテルでもまた引き続き、佐山さんにお世話になると思いますけれど、東京會館でも、最後のお役目、どうぞよろしくお願いします」

驚くほどに風通しのいい、気持ちのよい物言いをする女性だ。

「こちらこそ」と佐山が頭を下げるのを待って、彼女が「じゃあ、また」と箱を再びひょいと持ち上げ、階段を降りていく。

4

時計を見ると、正午を過ぎていた。

佐山の果たす、東京會館での最後の役目まであと一時間あまり。その時間で、佐山は四階のバンケット・ホールを見にいくことにした。

他の階では、まだ片づけと人の行き交う声がしていたが、バンケット・ホールには、今は誰もいなかった。

この部屋は、東京會館が最も力を入れた場所だ。

四階のエレベーターホールを出ると、まず、バンケット・ホール専用のロビーがある。ロビーの柱に用いられたコレニア大理石は、一階の玄関を抜けてすぐにあるものと同じだ。建物ができたばかりの頃には、地学の研究をしているという人たちが、中国の天津港を経て輸入されたというこの石を目当てに會館を訪れることも珍しくなかった。深い青緑色の、だけど、不思議とあたたかなこの輝きを毎日のように目にしながら、佐山は今日まで過ごしてきた。

ロビーからいくつかの階段を上って、ようやくバンケット・ホールに出る。

佐山は深呼吸をして、中に入った。

扉を開ける。

営業を停止してからのこの十日間、何の催し物も行われることがなかった部屋は、ひんやりとしていた。

天井は五階までの吹き抜けになっていて、ゆるいアーチ型をしている。ローズ色の地に白と金色をきかせた装飾模様が明るい。

天井からは、東京會館のシンボルともいうべき、三基の豪華なシャンデリアが、重々しくつり下げられている。今は消えているが、夜は、微妙に曲折したきらびやかな光彩が部屋を満たしていたのだ。

——思い出されるのは、音楽会のことだった。

再建後の、栄華を極めた東京會館も、もちろん、佐山にとっては思い出深い。しかし、今日この場所に立つと、胸に甦るのは、まだ佐山が四十になったばかりの大正期のことだ。

震災前の五月、帝国劇場で行われた、ヴァイオリニスト、クライスラーのコンサート。五日間にわたって行われたコンサートの合間を縫って、あの日、クライスラーは、このバンケット・ホールで、少人数の演奏会の舞台に立った。

クライスラーのファンらしい若者が、「今、地下をクライスラーが通っていかなかったか」と熱っぽい目で佐山に語りかけてきたことが懐かしい。あの日は、佐山にとっても生涯、忘れられない夜になった。

この場所で、佐山はあの日、出席したお客様から芳名を賜り、彼らに飲み物を給仕した。いらっしゃった顔ぶれを一人一人、胸と記憶に刻み込みながら、あの日、そこから歴史がどこに動いていくかも知らずに、お客様をお迎えし、この部屋に通した。

あれから、時が経ち、東京會館は今、世相の荒波の渦中にいる。

昭和十一年二月二十六日。

きっかけは、あの二・二六事件だった。

クライスラーの演奏会の夜、この場所で飲み物を給仕しようとした佐山に「もう結構」と一瞥をくれた高橋是清氏が、この事件で青年将校たちに暗殺された。

同じく演奏に目を閉じて聴き入り、たまにヴァイオリンの音色に首を左右に動かしていた若槻礼次郎氏もまた、その後発足した若槻内閣で失脚。軍の動きを止めようと連立内閣の道を模索したが、難敵である軍閥に敗れるような形で、首相を辞するに至った。

いずれも、クライスラーの美しいヴァイオリンの調べとともに、佐山が顔を記憶しているお客様たちだった。

あれから、お客様の間にも、それを出迎える東京會舘の側にも、不穏な空気が流れ始めていた。

政治も経済も、暮らしの中に軍部の発言が影を落とすようになった。行動のひとつひとつが「統制」の言葉のもとに今まで通りというわけにはいかなくなっていく。その感覚が肌身に感じられた。

昭和十二年十月には、国民精神総動員中央連盟が発足。

翌十三年四月の国家総動員法の公布に至って、女性のパーマネント自粛の動きが広がり、欧米の音楽・文学・演劇・スポーツへの抑圧が決定づけられた。この流れとともに、ヴァイオリンやピアノの演奏会は、東京會舘からも遠のいた。

バンケット・ホールで七百人を超えるお客様を前に開館式の挨拶をした藤山雷太氏も、同年、七十五歳で他界し、すでにない。

そして、昭和十四年五月。

東京會館の変化はまず、建物の玄関に現れた。

正面玄関に張り出した庇の下には、去年まで四本の鉄製の支柱があった。あの柱が取り外されたのが、変化の始まり。東京會館に押し寄せた世相の荒波は、まず、建物の金属部分の供出という形を取った。

政府はこの年の二月、全国的に鉄製品の回収運動に乗り出した。不要不急の鉄製品を回収して、兵器その他の資源として活用するためだ。東京會館ではさらに、玄関の支柱の他、二階のお濠側に突き出たベランダの手すりも取り外して供出した。二階のベランダは震災後に再建されて新たにできた、復旧の象徴的な部分だった。

そして――今、世の中は近衛文麿の第二次内閣を迎えた。

先月には、近衛氏を中心とした大政翼賛会が結成され、新聞の見出しには、「翼賛」の文字を多く見るようになった。

その中で、東京會館に青天の霹靂（へきれき）のような声がかかったのだ。

「佐山さん」

背後から声がして、振り向くと、後輩の従業員が立っていた。

佐山と同じく、営業を停止した後も十日前と変わらぬ黒服の装いをしている。

「どうした」

「下に、大政翼賛会の方々が。時間より早いですが」

表情が微かに硬い気がした。佐山は息を吸いこむ。とうとういらしたか、という思いで「わかった」と一言、答えた。

「お迎えしましょう。最後のお客様です」

佐山の声に、若い黒服は静かに頷いただけで答えなかった。強張（こわば）った硬い表情を、玄関に行くまでの間にどうにかさせなければいけない。佐山は微笑み、彼の肩をぽん、と軽い力で押した。

出て行く前に、慣れ親しんだバンケット・ホールをじっくりと眺める。こんな豪華な場所に、自分のような者が慣れ親しむなど、おこがましい考えだと思いつつも、それでも名残惜しかった。

今日を最後に、東京會館は、政府のものとなる。

明日、十二月一日から、會館は大政翼賛会の庁舎として全面的に徴用される。

青天の霹靂ではあるが、それでもやはり兆候はあった。先月には、帝国劇場がやはり内閣情報局の庁舎として徴用されていた。いつかはこういうことになると、覚悟はしていた。

5

玄関に降りていくと、ロビーには数人の姿があった。

すでに会議に臨む趣といったモーニングやフロックコートを着た人たちに交じって、いかつい軍服姿の男たちも見える。佐山はその前に行くと、「お待たせして申し訳ありません」と腰を折って、頭を下げた。

相手の、「うむ」という声がくぐもって聞こえる。

東京會館は、佐山をはじめとして、従業員たちが皆、生活のすべてを賭して働いてきた職場だ。明日から、従業員は本来の身分である帝国ホテルの従業員に戻る。しかし、東京會館で育ち、一緒に時を過ごしてきた者の多くが、東京會館こそを自分の居場所だと考えている。

東京會館の宴会場としての未来がここで消えるということについて、思うことがあっても、それは佐山の立場からどうこう言えることではない。

——會館を離れることが決まってから、佐山は心に決めたことがあった。

それは、自分は何があっても、東京會館の黒服として最後まで職務をまっとうする、ということだ。

大政翼賛会は、自分たちが迎える、最後のお客様だ。

最後のこの日まで、カウンターの埃を気にしたり、高い場所にはしごをかけて窓を拭く若い従業員たちが、この場所には育っている。そうした場所で今日まで働けたことを、佐山は心から誇りに思う。

頭を上げ、姿勢を正した。お客様の目を見つめて、声を張る。

「お待ちしておりました。まだ片づけをしている者もおりますが、建物のご案内をさせていただきます」

時代はここから、アメリカとの戦争に入るのではないか、と言う人たちがいる。

中国大陸への進出にともなう外交問題の行き詰まりから、日本は微妙な立場に立たされている。そして、戦時挙国体制の中に、東京會舘までもが取り込まれている。

――それもまた、佐山がどうこう思う立場にはない。わかっている。

それでもふっと、心に思いがよぎる。それは、東京會舘で長らくアメリカをはじめ、外国のお客様をもてなしてきた佐山の実感によるものだ。

ホテルからそのまま直行してきたという彼らが、クロークに預ける革張りの鞄の細工の巧みさ、仕立てのよいコートの光沢、サインをするときにスーツから取り出す万年筆の彩り。

この国ではおそらく一生かかっても持てないと思えるような数多くの贅沢な品を、佐山は長年、外国人客の持ち物に見ていた。それは日本とは比べるのも躊躇われるほどの品々だった。彼の国と日本では、何もかもが違う。

戦争をすれば、日本はきっと――。

こみあげた思いをさっと頭から拭い去り、佐山は客人の前に立つ。

「まずは一階をご案内します」と、彼らに向けて、恭しく礼をする。十日前まで、會館を訪れるどのお客様にも等しく行ってきたことだ。

真面目な顔つきをした彼らが再び「うむ」と頷くのを待って、歩き出す。「では、こちらから――」と食堂に向けて進む時、思いがけず、唐突に湧き起こる感情があった。

案内する客人に向けて、声には出さぬが、狂おしい程に願う。

それは、どうか明日からこの建物をお願いします、という思いだった。

私と一緒に歩いてきた――私の東京會館を、どうかよろしくお願いします。

會館は佐山のものではなく、そんなことを思うのは思い上がりも甚だしい。けれど、これは何も佐山だけの思いではない。この場所にかかわった者、一人一人の思い出と輝ける日々が沁み込んだ、この場所はそういう場所だ。訪れた人の数だけ、自分の東京會館がきっとある。

我が子を託すように願いを込めて、彼らにひとつひとつ、部屋を案内して歩く。

佐山と仲間たちが東京會館を去った翌月、十二月の新聞で、佐山は懐かしい場所の姿を、何度か写真入りの記事で目にすることになる。

最初は、十二月十四日付の朝日新聞だった。

『結婚式場が會議室』という見出しがついたその記事には、見覚えのある三階の格天井の間が写っていた。

『結婚式場が會議室　忙しい協力　會議の準備

來る十六日、臨時中央協力會議はいよ〳〵國民的期待のうちに〝下情上通〟の幕をひらく――會議員百五十余名、議題百十八件、總務局協力會議部を渦巻きの中心に大政翼賛會の五層樓はその準備工作に玩具箱をひつくり返したやうな騒ぎである（中略）「いやもう實に戰爭のやうな騒ぎですよ」と飛び込んだ三階の會議室、東京會館時代の結婚式場、金色燦とした格天井の下に人夫が椅子、卓子を擔ぎ込んで長方形の議席はもう出來た、正面の眩ゆい金襖の前が總裁、議長席

〝おつとこれは外さなけれや〟
山村耕花畫伯ゑがくうつくしい舞姫の額が人夫の肩によいしよと乗つて、暗い舞台裏倉庫へ消えてゆく――ちよいと象徴的な〝交替〟ではある。』
(昭和十五年十二月十四日付朝日新聞夕刊)

二日後の十六日には、讀賣新聞に『大政翼賛の中央協力會議開く』の写真が大きく載り、舞姫の額のない、格天井の間の舞台が写っていた。会議全体の様子を写そうとすると、どうしても入ってしまうのだろう。繊細な透かし彫りが施された欄間が写真の上部いっぱいに写り込んでいた。

また、十八日付の朝日新聞には『煌々の室に熱氣充つ』の見出しのもと、お濠ごしに捉えた夜の東京會館が写っていた。

白黒の写真ではあるが、熱まで感じられるような灯りが窓からはみ出る様子は、佐山が知る東京會館の灯りとは、少し違っているような気がした。宴会で放たれる灯りは、熱気とは違う、もっと穏やかで静かな灯りだった。

さらに別の日には、佐山が別れを告げた豪華なバンケット・ホールでの会議の様子を目にした。普段の婚礼や宴会とは様相を異にした背広姿の男たちが、長いテーブルを前にずらりと並ぶ様子は議場そのもので、正面に掲げられた日の丸の旗の前に三基のシャンデリアがぶら下がっているのを見ると、まるで、場違いに邪魔なのは、この部屋の特徴であるシャンデリアの方であるとでも言わんばかりの写真だった。

議場には、部屋の意匠とは合わない無骨な黒時計が下がっていて、おや、この時計はどこに下げられたものかと、佐山は写真を隅々までよく見た。壁にかけられているにしては距離があるし、宙に浮いているような形だ。

別の新聞を見て、答えがわかった。

時計はどうやら、シャンデリアの下に直接つり下げられている。

その下で、何か重要な決定があったのか、会議に参加した全員が両手を高くかかげ、万歳をしていた。

佐山はいずれの場合も、記事を読み終えると、いつも通りすぐに新聞を折り畳み、朝の日課である自分で淹れた紅茶を飲んだ。

そのたびに、束の間、あの建物が大事に使ってもらえますようにと祈り、そして、いつもの通り、出勤の準備を整えるために席を立つ。

第三章

灯火管制の下で

昭和十九年（一九四四年）五月二十日

1

車の中で、関谷(せきや)静子(しずこ)はぼんやりと、頭の中で歌を思い出していた。

金襴緞子(きんらんどんす)の　帯しめながら
花嫁御寮は　なぜ泣くのだろ

文金島田に　髪結いながら
花嫁御寮は　なぜ泣くのだろ

結婚披露宴の支度に向かう途中、両親と一緒に乗った車の中で、隣の母はしきりと「おめでたいわねえ」をくり返している。

「とうとうこの日が来たわね。シズちゃんがお嫁に行けば、お母さんも肩の荷が下りるというものだわ。本当におめでたい、おめでたい」

「あちらさんのおうちはもう着いているのかな。うちの方が遅れちゃまずくないかい」

「あら、いやですよ、あなた」

父の声に、母が首を振る。

「逆ですよ。新郎が先に着いて花嫁を待っていなくては。うちの方が先に着いたら、それはあちらさまに恥をかかせることになってしまうんじゃないかしら」

「そういうものかい?」

「わからないけど、だってそうでしょう。こういうところのお式じゃなければ、披露宴は昔は新郎の家まで行くのが普通で、待っているのは向こうの方なんだから」

「そうか。まあ、そういうものか」

助手席に座る父と、後部座席の自分の横に座る母は、静子そっちのけでそんな話をしている。静子はその会話を聞いているような、いないようなふりをしながら、窓の外に流れていく丸の内の景色を見ていた。

──待っているのは向こうの方。

母の言葉を反芻(はんすう)した途端に、胸がぎゅうっと締めつけられた。では、到着してすぐに、自分は新郎の顔を見ることになるのか。車から降りて、すぐにいるのだろうか。それとも、建物の中に入るまでに心を落ち着けるくらいの余裕はあるのだろうか。

咄嗟に思ってしまったのは、会いたくない、ということだった。

会いたくない。車がこのまま、永遠に着かなければいい。

何かの間違いか不手際があったと、今日の結婚披露宴が中止になってしまえばいいのに。

もちろん、実際にそんなことになったらとんでもないことだ。しかし、静子はそう願ってしまう。

昨夜はほとんど眠れなかった。重たい瞼(まぶた)を一度閉じ、車窓から外を見上げる。

昼下がりの街は、そう人が多くなかった。窓のすぐ横を、大きな紙袋を大事そうに抱えた女の人が通る。あれは、何か食べ物でも入っているのだろうか。お米をはじめ、食糧のすべてが配給制になってから、街ではおつかいで食べ物を受け取った人が盗難を恐れるようにああやって身を屈めるようにして歩いているところをたまに目にする。静子もそうだった。叔父に紹介された商社で働いていた春までは、会社でもらった干し柿や黒大豆などの配給を、なるべく素知らぬ顔して家まで持って帰らなければ、と毎度気合いを入れていた。

一昨年くらいまでは、この通りも、日傘を差し、帯の締め方も凝った女性が多かったように思うのに、今歩いている人の多くは着物に色味がなく、日傘など差さない。下を向くようにして、ただただ家路を急いでいるように見えた。

——急いでまで早く帰りたい家というものがある、そうした女性たちのすべてが、今の自分より立派な人たちに見えて、こんな気持ちでいる自分の存在がちっぽけで惨(みじ)めに思えてくる。

その日、朝から静子の頭を巡っていたのは、こんな童謡だった。

金襴緞子の　帯しめながら
花嫁御寮は　なぜ泣くのだろ

文金島田に　髪結いながら
花嫁御寮は　なぜ泣くのだろ

あねさんごっこの　花嫁人形は
赤い鹿の子の　振袖着てる

泣けば鹿の子の　たもとがきれる
涙で鹿の子の　赤い紅（べに）にじむ

泣くに泣かれぬ　花嫁人形は
赤い鹿の子の　千代紙衣装

何年も前、まだ何も知らなかった子供の頃に覚えた歌が、ふいに今朝、思い出されたのだ。

金襴緞子に文金島田。

贅沢な着物で美しく着飾った花嫁は、だけど、どうして泣いているのか。

幼い頃はただただ、そんなことを考えもせずに歌っていただけだったけれど、自分自身が十九歳になり、花嫁になるという今になって、初めてこの歌の真意がわかった気がする。歌にある花嫁御寮もまた、今の自分と同じ不安な気持ちだったのではないだろうか。

「おめでたい、おめでたい」

今朝から何度目になるかわからない言葉を、母がまた口にする。

結婚がお祝い事だということは、静子にもわかっていた。しかし、それは本当に「おめでたい」ことなのか。

生まれ育った家を出て、両親とも、お友達とも別れて、今日から静子はまったく違う世界に行く。

この気持ちを、どう言い表せばいいのかわからない。それはただ漠然と〝惜しい〟とでもいうような気持ちだった。結婚は、これまでの自分のすべてにさよならを言わなければならないことなのだと思った。

そして、静子は今日から、知らない男の妻になる。

――知らない男、などと言ったらバチがあたるだろうか。相手は立派な男性で、その妻になることを自分は喜ばなければならないのだと、両親からは何度も言われていた。相手と会うのは、今日で三度目。

これまでの二度の機会も、そもそも顔を見られるようなものではなかったから、〝会った〟などとは言えないのかもしれない。だから、静子は相手の顔を今になってもしっかりと思い浮かべることができない。

「着いたわよ」

永遠に着かなければよいと思っていた車が、結婚式の会場となる大東亜会館に到着する。母の声にはっと顔を上げると同時に、会館の制服を着た玄関係たちが静子の横のドアを開ける。「いらっしゃいませ」とにこやかに挨拶をされる。

静子はぎゅっと唇を噛みしめ、彼らの後ろに、ひとまず誰の姿もないことにほっとする。車を降り、案内された建物の門の前で足を止める。ロビーの向こうには、お客や従業員らしき人たちの姿が見えたが、そこにもまた、自分の結婚する相手やその両親の姿はなかった。

「あら、まだあちらはお着きじゃないかしら」

母は少しばかり不満げな様子だったが、静子はこの上ないほど安堵していた。

「花嫁の方が支度に時間がかかるからじゃない？」

ようやく声が出た。それまで、家を出る時も車の中でも、ほとんど口をきかなかった。

そんな娘の心中になど気が付かない様子の母が、ふう、と大袈裟なため息を吐く。

「確かにそうね。けれど、あなたの場合は時間はかからないんじゃない？　あれじゃ、支度を手伝ってくれる人たちも張り合いがないわよ」

花嫁衣装のことで嫌みを言われているのだ、とすぐに気付いた。

文金高島田に結った髪に、母の頃も着たという黒の引き振り袖。姉の結婚の時に着たのと同じ衣装を静子も着るようにと言われたが、静子はそれに頑として首を縦に振らなかった。好きなものを自由に着たい、と言った自分に、父も母も「出た、シズのワガママが」と眉間に皺を寄せた。

「これからお嫁に行くのに、いつまで〝跳ねっ返りのシズちゃん〟でいるつもりだ」と、父から呆れがちにこぼされた。

二人姉妹だった静子は、幼い頃から近所でも評判のお転婆娘だった。姉が遊んでいた人形を借りて、その日のうちに振り回して首をもいでしまったこと、それで姉を泣かせたことなどは、未だに両親の話の種になる。

その時に末恐ろしい娘だと言われた通り、その後、姉が早くに結婚し、妻として母として婚家の家庭を守るのとは対照的に、静子は女学校で縫製を習った後、外で働きたいと、父に頼んで商社の受付の仕事を探してきてもらい、去年までそこで働いていた。結婚を理由に退職してからも、花嫁修業と称して家にいるのはやっぱりご免で、おつきあいのあった洋裁屋に頼み込んで、そこの仕事を手伝っていた。手を動かすのが好きだった。

子供の頃のアダ名で〝跳ねっ返りのシズちゃん〟と呼ばれたことを思い出すと、自分で用意した花嫁衣装までもが急に不安に思えてくる。しかし、姉の結婚式で見た、根元を高く仕立てた文金高島田の髪は、自分にはとても柄ではないと思って、絶対にやりたくなかった。

自分で決めたはずのことなのに、今になって迷っている。普段なら、母親の嫌みにだっていくらでも返す言葉が出てくるのに、今日はどういうわけか、そんな気力も湧かず、思わず俯いてしまった。

その時だった。

「お待ちしておりました」

ロビーの向こうから、一人の女性が出てきた。

凜とした調子の、よく通る声だった。その声に、静子はすっと背筋を正す。顔を正面に向けると、母よりも年配そうな、背の高い女性がこちらに向かって歩いてくる。後ろに、静子くらいの若い女性を二人連れている。膝を折り、恭しく頭を下げ、それから姿勢をすっくと正して静子を見つめる。

「このたびはおめでとうございます。本日、婚礼のお支度を担当いたします、遠藤と申します。どうぞよろしくお願いいたします」

「はい」

年は六十歳くらいだろうか。姿形がまっすぐな美しい人だ、と思った。キレ長の目が微かに鋭い印象で、芯が強そうな、聡明な雰囲気のある女性だった。これまでいろんな花嫁をさまざまに支度して送り出してきたのだろう。手伝う人も張り合いがない、と母に言われた言葉がにわかに甦り、またぐっと気後れが増す。

静子に向け、遠藤さんがにっこり笑う。母と静子の両方の目を見てから、「おめでとうございます」ともう一度、くり返す。それから、静子に向き直り、驚くべきことを続けた。

「素敵な花嫁衣装ですね」

「え」

「今、お部屋で見て参りました。みんなでとても素敵で羨ましいって、お話ししていたところです。お嬢様がご自分でご用意されたものだと聞いて驚きました。とてもお洒落なお嬢様のお手伝いができるのだと楽しみにしております」

彼女のその声に、後ろに控えていた二人の女性がともににこにこしながら静子の方を見て頷く。その姿に、瞬間、心がふわっと軽くなった。遠藤さんが言った。

「お支度のお部屋に参りましょう。本日はいつも私がお側にそばおります。何があっても、必ず控えておりますのでご安心を」

その言葉に、ようやく、静子の心が落ち着いた。

「よろしくお願いいたします」と、静子もゆっくり、けれどまだぎこちなく頭を下げた。

2

結婚披露宴の場所を大東亜会館に決めたのは、神田で化学工業薬品の会社を経営している父だった。海軍からの受注を多く受けている父の仕事相手や友人たちも多く利用するというこの場所に、静子は〝大東亜会館〟になってから初めて来た。

大東亜会館は、もとは、〝東京會館〟という名称だった。

「大東亜会館で結婚披露宴を」と父に言われた時、最初、それがどこなのかわからなかった。昔の東京會館のことだ、と説明され、驚いたが、「大東亜共栄圏の建設」という国家目的に沿って、他にも多くの企業が名称を変えていたから、自然なことだったのかもしれない。

「つまりは、それだけの名をつけたいと思う場所ということだよ」

父が言う。

「〝大東亜〟を名乗ってほしい、と思われるような、それぐらい水準の高い場所だということの証だ。あそこなら、まだ宴会ができる用意も食糧もあるようだよ」

まだ尋常小学校に通っていた頃、静子は姉とともに父に連れられて、よく昔の東京會館にご飯を食べに行った。夏には、屋上のレストランでカレーライスを食べた。花火を見た覚えもある。すぐ上に遮るものが何もない夜空が広がり、星も月もすぐそこにつかめそうなのに、屋上は土の盛られた庭園になっていて、そんなところもモダンで変わっていた。前で蝶結びをしたエプロン姿のウエイトレスの恰好がかわいくて、「私も将来、あの恰好をして働く人になりたい」と言い、両親に「そりゃあいい」と笑われた。周囲には提灯が等間隔に吊り下げられて並び、優しい光が自分たちを照らしていた。

――無邪気な子供時代が、今はどこまでも懐かしく、何も考えずにいられたその頃の自分のことが、羨ましくてたまらない。

その東京會館が大政翼賛会の本部になった、と聞いたときは、不思議な気持ちがしたものだ。大政翼賛会と書かれた垂れ幕が東京會館の壁を覆った写真を、父が何気ない様子で静子と姉に見せてきた。

知っている建物の写真が新聞に出ている、ということ自体が新鮮な気持ちがして、面白かった。別の日に載っていた記事の中では、たくさんの男の人たちが、豪華なシャンデリアの下がった部屋の中で万歳をしている写真が載っていて、やはり父から「ここも東京會館だ」と見せられたが、静子の記憶はもっぱら屋上の納涼園で、こんな豪華な部屋には入ったことがなかったから、そう言われてもわからなかった。

時代の流れで、さまざまな場面で統制がきつくなり、前ほど気軽に外食を楽しむような雰囲気がなくなっていることを、静子も感じていた。

しかし、その頃、父が読んでいた週刊誌の『サンデー毎日』に寺井承平という偉い作家がかなり思い切った文章を書いていた。

『東京會館の景観は、開かれていく文化の象徴であり、灯火（ともしび）であり、ついでに言うならば、小生の青春のすべてを包み込んだ思い出である。その壁を覆うものは、それが何色であれ無粋である。』

静子にはよくわからなかったけれど、静子の父などは、この文章を「うまいものだ」と言っていた。

「表立って東京會館の徴用を惜しめば、政府を悪く言ったようにも取られるだろうけど、景観のことだけを言ったふうに書いている。これはうまいよ」

寺井承平は、もとは少年活劇のような小説を書いていたのが、徐々に大人向けの大衆小説を書くようになり、やがて新聞や週刊誌にも連載を持つようになった人だ。難しそうな大人向けの方は読んだことがなかったけれど、少年活劇と呼ばれるものは、静子も好きだった。舞台となった小川の流れる、作家の故郷だという金沢の城下町に、自分もいつか行ってみたいと思ったものだ。

しかし、今にして思えば、寺井が『サンデー毎日』に思いきったことを書けたのは、それが大東亜戦争が始まる前だったからだろう。

東京會館が大政翼賛会の本部になってほぼ一年後、日本は米英に対して宣戦を布告した。それまでも日本はずっと戦争をしていたけれど、この戦争は、これまでとはまったく違う方向に自分たちを連れていく——そんな漠然とした予感が日に日に濃くなり、気が付けば、世の中は、あっという間にいろんなことが変わっていった。

静子の父は、食事ではない理由で東京會館に通い詰めになった。紙や鉄をはじめとする多くの物資の供給を決める事務局があり、自分の会社で使う分を確保するためだ。「軍の製品はいいけど、それ以外にはまったく回してもらえない」と、帰ってきてはぼやいていた。

寺井の文章を載せた『サンデー毎日』ひとつとってみても、横文字の敵の言葉を使っているという理由で『週刊毎日』と名称を変えた。食糧も完全な配給制になり、どことなく世の中が窮屈になっていく印象だった。言葉に気を遣い、人が自分を見る目にも気を配って、なるべく目立たぬように過ごす。

静子が手伝っていた知り合いの洋裁屋でも、新しい服を仕立てるよりも、これまで着ていた服の傷んだ部分を修復する作業や子供用に仕立て直す仕事の方が圧倒的に多くなり、やがてはそれも少なくなって、古着を買い取ってほしい、食べ物と交換してもらえないか、という依頼が大半を占めるようになった。そんなことを言われても、静子たちの洋裁屋にも充分な食べ物はなく、結局、買い取りは断らざるを得ない。よほど上等なものであれば応じることもあるが、それだって、僅(わず)かな金額を渡せる程度だった。それでもいい、と洋服を置いて帰る人の姿に、静子はなんともいえない寂しさを感じた。花柄のワンピースや、丸襟に丁寧な刺繍の入ったブラウス。本当だったら、あの人たちだって手放したくなかったろう。

しかし、それでも、戦争が始まってしばらくの間、日本は明るかった。戦況は日本の有利に展開しているようだったし、それを受けて、東京會館の建物が急遽徴用解除になった。

大政翼賛会の事務局が出て行ったのである。

會館のロビーで父と別れ、母とともに向かった婚礼の支度の部屋は三階だった。小さな部屋の中に大きな鏡台が用意されている。

その横に、静子の用意してきた花嫁衣装が掛けられていた。

最後の仕立てを終えて、昨日のうちに運び入れてもらった。淡い桃色のドレスだ。

勤めていた洋裁屋に、高名な画家の奥さんが買い取りを申し込んできたのを仕立て直したものだった。柔らかな絹の光沢は、手に取るとするする指の間を滑るようで、その裾の広がりや淡くて上品な色合いを静子は一目で気に入り、お店のおかみさんに頼み込んで、譲ってもらったのだ。

自分の花嫁衣装に、これ以上のものは思いつかなかった。

両親は、かなり驚いたようだった。姉のときも、親戚もお友達も、これまで静子が見てきた花嫁の多くは、白無垢から紋付きの黒振り袖などにお色直しして披露宴に臨んでいた。黒の振り袖は特に、他の色に染まらず婚家に一生とどまる意味で着るのだそうだ。誰もこんなものは着ない、聞いたことがない、と反対されたが、最後には、洋裁屋のおかみさんが「私が仕立てを手伝って、決して恥ずかしくないものにしますから」と味方してくれた。

「こちらにどうぞ」

一つ紋の入った訪問着を着ていたはずの遠藤さんが、静子が小さな部屋を見回す間に、割烹着を身に着けていた。鏡台の前には、すでにお化粧の道具が用意されている。案内されて、静子はゆっくりとその前に進んだ。

座って、鏡の中に映る自分を正面から見つめる。〝お転婆娘〟〝跳ねっ返り〟と揶揄（やゆ）される自分はどこへやら——硬い顔で見つめ返す、表情の乏しい娘がそこにいた。どうにかもっと笑顔になりたいけど、やり方がわからない。

　すると、自分の横に座った遠藤さんが、「失礼します」と静子の顔に触れた。しっとりと吸いつくような、すべすべした手だった。その手が心地よくて、静子は目を閉じる。触ってもらったことで、ようやく、口の周りの筋肉が自由に動いた気がした。

「東京會館では、今も結婚式は多いですか」と聞いたのは、静子の後ろで椅子に座っていた母だった。言ってしまってから、自分の誤りに気付いたのか、あわてて言い直す。

「あら嫌だ。東京會館じゃなくて、大東亜会館ですわね」

「いいえ。私どもお手伝いの人間も、ここを未だに東京會館と呼んでしまいます」

〝跳ねっ返り〟で通った静子にとって、化粧は珍しい体験だった。きっと、すぐにクリームを顔に塗りたくられ、おしろいをはたかれるのだろうと予想していたのに、遠藤さんは、丹念にゆっくりと、まずは静子の顔を撫でて、柔らかくしてくれる。手を休めることなく、彼女が母に答えた。

「結婚式は、私どももこの頃では久しぶりなので、とても嬉しいです」

「多くないのですか」

　今度は静子が聞いた。多くないなら、自分もまだ逃げ出せる余地があるのではないか。そんなことがありっこないとわかっていても、つい、夢想してしまう。

　戦時下での結婚の話は、静子自身が年頃になったせいももちろんあるが、それでも周りでよく聞く。男の人たちの多くが徴兵される前に妻を娶ってから戦地に赴いていくし、女友達にしても同じことだ。いいお相手が見つかれば、「まだ兵隊に行かないでいるのだから」と親や親族などから盛んに結婚を勧められる。

ただ、そうした話の多くでは、婚礼はひっそりと行われていた。ホテルや結婚式場ではなく、嫁ぎ先の家や、その近くの料亭での祝言だった。静子も、まさか自分が大東亜会館で結婚式をするなんて思いもしなかった。

「結婚式は、やはり昔ほど多くはないですね。戦争が始まってからも、こちらでのお式はあったのですが、この頃では珍しくなりました」

軍の関係の宴会が多く行われることから、大東亜会館には料理の材料が多く配給されていたのだと父から聞いた。食糧不足に悩む人たちにとって、会館はひとつの救いのような存在だった。そのため、戦争が始まってすぐの頃は、こちらで結婚式を行う人も多かったのだろう。

遠藤さんが微笑む。

「きっといいお式になります。お祝いいたしましょう」

優しい声で静子に呼びかける。

するると、横から母が聞いた。

「あのレストランはまだあるのかしら。なんて言ったかしら。魚料理の有名な」

「プルニエでございますか」

遠藤さんが母を振り返った気配がした。母に尋ねる。

「ひょっとして、お母様は、東京會館の時代をご存じですか。ご贔屓にしていただいていたとか」

「いえね。屋上の納涼園と、その魚料理のレストランに何度か。あと、評判だったすき焼きもいただきに」

遠藤さんに、口の周りをほぐしてもらいながら、静子はそのことに「えっ」と驚いていた。東京會館のすき焼きが有名だったのは知っていたけれど、食べたことはない。レストランにだって行ったことはない。いつの間に、ずるい、という気持ちに駆られ、問い質したいけれど、遠藤さんの手が心地よいから、すぐにそうできないのがもどかしかった。

「懐かしいですね」

遠藤さんが言う。目を閉じていたけれど、声の調子で彼女が微笑んだのがわかった。

「大政翼賛会の徴用が解かれてから、やはり高級料理は贅沢だということで一時的にプルニエは営業を中止しておりました。ですが、今は形を変えて再開しております。ジャガイモを使ってお米のようなものを作った〝宝米〟というのが人気で、お濠側の入り口には列ができるほどですよ。確か、関西方面から来た調理顧問が考案したものです。お母様は、こちらはまだ召し上がったことはないですか」

「ええ」

母が首を振る。

「大東亜会館という名称になってからは、主人は何度かお仕事のおつきあいなんかで来ていたようですけれど、私とこの子は初めてです。東京會館の頃と中がすっかり変わってしまったと聞いていましたけど、そうでもなさそうですね」

「徴用解除のすぐ後は、それでも大変だったようですよ。一年以上にわたって事務局となっていただけあって、結婚式をはじめ、宴会や料理は一切できない状態だったようですから」

「あら、そうなんですか」

「事務所として使われていた場所はまだよかったそうですけれど、日本間などは柔道や剣道の稽古場になってしまっていて、すっかり様変わりしていたそうです。改装して今の状態に戻ってからは従業員も多く帰ってきて、こうやって順調に営業しております」

戦争が長引くに連れて、「順調」という言葉を聞く機会が周りからはすっかり消えていた。今日、結婚式に臨む自分を心配させまいと、遠藤さんはわざと言ったのかもしれない。

「男性の従業員の方は、かなり召集されたんじゃないですか」

気遣う口調で母が聞く。確かに会館の中には女性従業員の姿が多い。その声に遠藤さんが頷いた。

「ええ。だけど、ご心配なさらないでください。会館は女性従業員とベテラン勢の黒服でしっかりと守っておりますから。――中には定年退職を返上して残っている人もいて、皆、今日の式をお祝いできるのを、とても楽しみにしておりますよ」

3

化粧の支度が整って、いよいよ、式場に向かう。つけてもらった薄いベールごしに見る世界は、少し霞みがかったようになって、緊張が高まる。

「こちらにどうぞ」

式場の係らしい女性に連れられて、静子は一歩、支度の部屋の外に出た。遠藤さんが後ろをついてきてくれる。

式場のある五階にはエレベーターで上がる、と言われていた。そこで自分の結婚相手が待っているのだろうと考えると、喉と胸のあたりが途端に苦しくなって、いてもたってもいられなくなりそうだった。

その時。

通路の反対側から歩いてくる人たちの姿を見て、静子ははっと居住まいを正した。

ちょうど正面から強い風を浴びた時のように、足が竦んで、止まってしまう。

すぐ目の前に、国民服を着た若い男性が歩いてくる。その横に、前に一度家に伺って静子もご挨拶をした、結婚相手である水川（みずかわ）家の両親の姿がそろって見えた。

では、この人が。

心臓がどくんと大きく跳ね上がり、そのまま、息が止まりそうになる。横の母も気付いた。「あら」と先方に顔を向け、「このたびは」と頭を下げる。

国民服姿の男性が、こちらを見る気配があった。堂々と見つめ返せばよかったものの、静子は反射的に顔を伏せてしまう。相手の顔を見たい見たいと思っているのにそうなってしまうことが、我ながら、どうしてかわからなかった。

さりとて、向こうもこちらを見るだけで、静子に直接話しかけてくるようなこともない。水川家のお母さんが「静子さん」と話しかけてくれて、それでようやく顔が上げられた。

「とてもきれいよ。静子さん。モダンね」

そう言ってくれて、心の底からほっとする。予め（あらかじめ）、今日は洋装であることは伝えていたから、特に驚かれた様子もなかった。

「ありがとうございます」とやっとのことで口にする。

　エレベーターが開く頃になって、ようやく少し顔を上げ、相手の顔を見ることができた。ベールごしにしか見られないことがもどかしかったが、逆に言うなら、こっちが見ていることにも気付かれないだろうと、大胆に相手を見ることができる。

　眼鏡をかけた真面目そうな人だ、というのが第一印象だった。背は高くもないが低くもない。美男子というわけではないが、とりたてて不細工というほどでもない。顔色もよくもなければ悪くもない。目は少し他の人より大きいだろうか。二重で、鼻筋が通っているが、少しばかり鼻が大きい。色は少し浅黒い。そして、痩せていた。

　エレベーターにお互いの親と一緒に乗り込み、端と端に離れて立って、静子はちらちらと相手を見る。気になって気になってたまらなかった。しかし、あまり見ていると相手にもこちらを見つめ返されそうで、そうなったら目が合ってしまって気まずいから、あくまで控えめに。けれど、顔を上げればどうしてもじろじろと、相手のことを見てしまう。

　さっきは自分を見ていたはずの、静子の夫となる相手は、今はそうするのが礼儀だとでも思っているかのように、静子の視線に耐えながら、ただ、エレベーターの扉をじっと見ていた。

　ひょっとして、自分の洋装と髪型を悪く思ってはいないだろうか。こんなのが自分の妻だなんてとがっかりされていたらどうしよう……今になって胸がまたざわざわする。

遠藤さんにつけてもらったベールの端を、そっと、撫でる。

4

静子の結婚相手となる水川健治とは、早稲田大学で法律を教える叔父の紹介で引き合わされた。叔父の教室の教え子の中でも飛び切り優秀で、頭が切れる人だということだった。今は大学を卒業し、司法官試補をしているそうだ。将来は判事——裁判官になる、と聞かされた。

年は、静子よりちょうど十歳上の二十九歳。

裁判所で仕事をする人たちは、いずれ国家が掲げる大東亜共栄圏が成ったなら、ジャワやシンガポールなどに司法官となって送られる時のため、召集されるのは後になる、と聞いていた。裁判官の中には召集される人たちももちろんいたが、水川は痩せていて、徴兵検査も乙種だった。

叔父からの縁談を静子の両親は喜び、あっという間に話がまとまってしまった。

静子の三つ年上の姉は、酒造会社の跡取りの男性とすでに結婚していた。しかし、その際に一度決まりかけた話を姉が、「やっぱり嫌だ」と言いだし、それから両親が説得してまたまとめ直す、という経緯があったため、両親は妹である自分の時は、静子の意見をいちいち確認するということはなかった。下手に娘の意見などを聞いてご破算にされてはたまらない、と思ったのかもしれない。

〝跳ねっ返り〟の自分と違って、すべてに従順で穏やかな姉が、縁談に限っては抵抗を見せたことは、静子には最初意外だったが、後に、それをとてもいいことだと思った。結婚する前にしたただ一度の大暴れのせいで、姉は、その後はしっかりと覚悟を決めたように思えたし、今も幸せそうにしている。今日の静子の結婚式だって、姉が夫に頼んでくれなければ、酒宴に必要な充分な量のお酒を用意できたかどうかわからないのだ。

親が自分の責任で決めてきた縁談の話を、静子は年頃だったから、そういうものだろう、と受け止めた。勤めていた商社の受付の仕事を辞めて、話が進むまでの期間、洋裁屋を手伝いながら、けれど、静子は自分が結婚する、関谷の家を出てよそに行く、ということの現実味が乏しいままでいた。

相手の水川家には、一度、両親とともにご挨拶に行った。

立派で、優しそうなご両親が出迎えてくれた。

しかし、その日、肝心の結婚相手の方は最後まで姿を現すことはなかった。仕事が忙しくて、戻ってきたばかりでまだ部屋にいるのだと説明されたが、静子の胸はかき乱された。同じ家に妻となる自分が来ているのに最後まで顔を見せないのはどういうことか。わざと意地悪をされているように感じて、帰宅後もしばらく気持ちが塞いだ。同じ家にいた気配だけはしっかり感じた分、なおのこと理不尽に思えた。

「結婚する相手の顔が見たいかい」

叔父がそう声をかけてきたのは、縁談がすっかりまとまった、その後だった。〝跳ねっ返り〟の静子の性格を昔からよく知る叔父には、自分の気持ちがお見通しのようだった。

「見たい」と静子は答えた。

すると、叔父が提案した。

「仕事で、水川くんと出かける用事があるから、その時に後ろからこっそり見なさい。私との待ち合わせにやってくるのが水川くんだよ」

この提案に静子の胸は弾んだ。結婚前にそんな機会を作ってくれるなんて、さすがは叔父だと思った。家に来るたびに昔から面白いおもちゃだの絵本だのを買ってきてくれる叔父のことが、静子は昔から大好きだった。その叔父が持ってきてくれた縁談だから抵抗がなかった、というのも静子が結婚を決めた理由のひとつだ。

待ち合わせ当日。

品川駅の指定された場所に叔父と一緒に向かう途中、静子の胸は高鳴っていた。緊張していた。叔父からは、駅に近付いたら少し離れて歩くようにと言われていた。自分たちと反対方向から、相手はやってくるだろうから、と。

「よく見ろよ」と話す叔父の顔には、悪戯坊主のような茶目っ気さえあった。

しかし――。

無邪気に、ちょっとした冒険のような気持ちで歩いていた静子の背中に、「先生！」という声が飛んできた。

え、と言葉を失って短く息を吸い、叔父と一緒に振り向く。叔父が「あっ」と息を呑むのがわかった。振り向き様、相手の持った革の鞄と背広の暗い色を見たように思ったが、叔父が「水川くん……」と息を洩らすのを聞いて、あわてて視線を逸らす。

咄嗟に思ったのは、顔を見られないようにしなければ、ということだった。顔を下に向けると、お下げにした髪の、頭の分け目を眩しい朝日が照らすのを感じた。顔が真っ赤になって、耳まで熱くなった。

しどろもどろに、叔父が聞く。

「水川くん、どうしたんだ。汽車の時間まで、まだだいぶあるのに」

「そうなんですが、今朝は少し早く来てしまったので、このあたりを散歩して暇を潰していました。先生こそお早いですね」

はきはきとした明瞭な声の出し方をする人だった。叔父が焦っているのが伝わる。傍らの静子を気にする気配があったが、静子はもうただただ恥ずかしい一心で、叔父にこちらを見ないでほしいと願っていた。水川に気付かれてしまう。

しかし、叔父と一緒に歩いていた時点で、水川には身内の者だとわかってしまっただろう。ならば、意を決して正面から挨拶をした方がいいのではないか——気を失いそうなほどに胸をばくばくとさせながら、それでも静子が顔を上げようとしたその時だった。

水川が、静子をちらりと一瞥した気配があった。呼吸が止まりそうになる静子の前で、しかし、水川はそれ以上、叔父に何も尋ねなかった。

「では、先生。のちほど駅で」

自分の恩師の連れだとわかったはずなのに、あっさりとそう挨拶し、そして、軽やかな足取りで、自分たちの横をすり抜けて行ってしまう。

後には、ぽかんとした顔の叔父と、静子が残された。

水川がいなくなって、初めて顔を上げ、急いで雑踏の中に姿を探したが、もうどの背中がそうなのか、同じような背広姿の男たちの中で見分けがつかなくなっている。

——勘づいていたのだ、と。そして気付いた。

今のは偶然じゃない。水川はきっと、今日、静子が自分の顔を見に来ることを予期していたのだろう。ならば、と先回りして、露骨に声をかけてきたのだ。

一度気付いてしまったら、また、ふーっと、足元から顔にかけて、熱のような恥ずかしさがこみあげてきた。

「いや、こりゃ参ったな」

面目をなくした叔父が、ごまかすように何か一人で呟いている。だけど、静子は恥ずかしくて、悔しくてたまらなかった。顔を見ようと思って叔父に頼んだことだったのに、逆に、相手に顔を見られただけで終わってしまった。絣の着物に、味気ないお下げの髪。まさか見られてしまうなんて思わなかったから、何も気を遣ってこなかった。こんなことなら、気に入っていた銘仙でも着てくるべきだった。

なんて意地悪な人だろう。

出し抜かれた思いで、静子はぎゅっと拳を握る。今こうしている間にも、顔のわからない水川健治はこっちを見て静子のことを笑っているのかもしれない。そう思っても、どれが水川かも、静子にはわからないのだ。

「もういいです、叔父さま」

ふくれっ面で顔を伏せ、静子はそのまま、逃げ帰るように一人で家に戻ったのだった。

5

——この建物の中に、こんなところがあったのか。

夫となる水川とともに、結婚式場の立派な神殿に足を踏み入れ、顔を上げた途端、静子は息を呑んだ。

正面に、おそらくあそこに神様がおわすのだろうという厳かな雰囲気の場所がある。

そこから数段の階段があり、その前に白装束の斎主さんが立っていた。朱色の絨毯が敷かれていて、それが雰囲気をよりいっそう荘厳にしている。

洋風の建物の中に、こんな神社がまるごと一つあったのかと思うと、静子はなにやら信じられない気持ちになってくる。

左右にある席には、すでに両家の親族や仕事仲間、友人たちが勢揃いして座っていた。格式高い場なのだから、みんなもっと緊張した面持ちなのかと思ったら、意外と楽しそうに、久々に会った者同士の気安そうな話をしている様子だ。

入り口に近い隅の席に女学校時代の友達の姿が見えて、彼女たちが、「わあ」と静子のドレス姿に息を洩らすのが聞こえた。「シズちゃん、素敵」という声が聞こえて、本当はほっとして微笑みたいのを、あまりの照れくささに彼女たちの方さえも見えなくなる。

三三九度の杯の交わし方や玉串奉奠（たまぐしほうてん）など、結婚の儀式に必要なことについては、さっき、支度の部屋で遠藤さんや母から説明を受けていた。

「斎主さんからもこうしてくださいと言われるだろうし、たぶん、水川さんが隣でやるから、わからなかったら真似をすればいいわ」と、母は無責任に言ったが、今日初めて会うような相手の所作をそんなふうに見て真似するのは、静子には抵抗があった。

一緒に歩いてきた両家の両親が自分たちから離れ、別の席に案内されていく。

神前には、水川と静子だけが残された。

心臓が大きく鳴っていて、痛いほどだった。

すぐ隣に立った水川の距離が、二人だけになったことでより近く感じられる。静子はちらりと水川の顔を見たが、水川は今度もすっと姿勢を正して神前をまっすぐ見つめるだけだった。

今日会ってから、まだただの一度も静子と目を合わせることもなければ、声をかけることもない。何を考えているのか、まったくわからなかった。

「一同、ご起立願います」

斎主さんの声を合図に、それまでざわついていた場が、しん、と静かになる。

清めのお祓(はら)いが、一度、二度、静子たちの頭上で行われる。白い紙をいっぱいにつけた棒が左右に振られ、そのたびにざわん、ざわん、と音を立てた。隣の水川が黙禱を捧げるように軽く頭を下げたのを見て、静子もあわてて、それに倣(なら)った。

頭を下げて、斎主の祝詞(のりと)奏上を聞き、手元に置かれた朱塗りの杯にお酒が酌まれる。三三九度の杯もまた、水川と静子は目も合わせないまま、ただ隣で杯を傾けた。

次に玉串を掲げ、右から左に持つ向きを変えて、神前に奉奠する。その後で二礼二拍手一礼。

母の言う通りになってしまうのが悔しい気もしたけれど、すべては水川がやる動作に一歩遅れて静子も続くような形になった。静子が、次にどうすればいいのか、と間合いを取るもうその時には、水川は堂々とそれを終えているような感じで、そのそつのない仕草がますます静子にはとっつきにくく思える。

結婚式は、斎主が、神様に二人の結婚を報告するものだという知識が、乏しいながら静子にもあった。

きっと、報告をされる瞬間があるのだ、とその時を待っていたのだが、玉串の儀式が終わると、列席した親戚や友人たちに薄い朱塗りの杯が配られ、御神酒が注がれ始めた。周囲になんとなくほっとした雰囲気が広がり、それにより静子は結婚式が終わったことを知った。いつ、神様に報告されたのかもわからないまま、自分たちはどうやら夫婦になったらしかった。

「おめでとうございます」

斎主が挨拶をして、退場を促される。

神殿の外に出ると、次は写真撮影だった。

二人だけのものと、親族で勢揃いした写真を撮るそうで、会館の中にある写真店に移動する。そこもまた、静子にとっては初めて入る場所だった。

会館の中にある五十嵐写真店は、もとは新橋・土橋に二階建て六層の塔を持つビルを構える江木写真店が拠点を移してきたものだとかで、父はそれも気に入って静子の結婚式に大東亜会館を、と勧めたようだ。

新橋にあった江木写真店は、華族や軍・政府の関係者、学者や役者たちも多く利用した一流店だったそうだ。しかし、東京會館が接収されたように、去年、そのビルも接収された。

社長の五十嵐与七さんは、日本で最初に写真フィルムを製造したオリエンタル写真工業の設立にも関係した人で、明治時代にニューヨークの五番街に写真館を開いて成功を収めた、日本の写真界の第一人者だということだった。

まずは水川と二人、カメラの前に立たされる。

それまでよりも距離がぎゅっと縮まって立つことになり、お互いの匂いまでわかりそうな位置になる。写真用に、と係の人から花束を渡され、それを手にして、静子はずっと息を止めていた。

「はい、撮ります」

合図のように言われても、なかなか気持ちは落ち着かず、カメラの方を睨むようになってしまう。続く親族写真の撮影も、すぐに終わった。

撮影を終えて写真店を出る時、ふいに声をかけられた。

「結婚写真というものは、何年か経ってから見返すと、とてもいいものですよ。ぜひ、今日の写真をまた見てください」

いかにもベテランといった風格のある、眼鏡の紳士だった。あまりに自分のことに手一杯で気付かなかったが、どうやら、その人が写真を撮ってくれたカメラマンらしい。にこにこと笑いながら、静子と、そして水川に言う。

「十年も二十年も経ってから見ると、本当にいいですよ。覚えておいてください」

「はい」

水川が頷いた。

写真店を出て、少し歩いてから、後ろで静子の父が母に向けて言うのが聞こえた。

「おい、今のは与七さんだったな」

「与七さん？」

「写真店の社長の五十嵐与七だよ。ニューヨークで成功して、帰って来た」

父はほのかに興奮していた。「いやあ、嬉しいね」と続ける。

「社長が自らシャッターを切ってくれるとは思わなかったけど、今はこの場所での結婚式も減っているし、来てくれたんだろう。静子はついているぞ」

披露宴は、一つ下の四階にあるホールで行われる。

その前に、「披露宴用にお支度を整えましょう」と遠藤さんに促され、さっきと同じ支度の部屋に戻った。

さっきまで隣にいた水川は、周囲から「おめでとう」「おめでとう」と口々に言われる声に応えながら、静子とは違う場所へもう連れていかれてしまった。

隣に水川がいなくなった途端にほっとして、静子は大きく息をつく。「遠藤さん」と呼びかけた。

「なんでございましょう？」

「――結婚式は、斎主さんが神様に、私たちが夫婦になったことをご報告するものだと聞いたことがあるのですが、それはいつ、されたんですか？」

「最初の祝詞奏上がそれに当たるそうですよ」

遠藤さんが優しい声で答えた。

「お疲れになったでしょう。きれいなお嬢様だと、皆様、喜んでいらっしゃいますよ」

「……そうですか」

母がちょうど、叔母たちと挨拶をしていて不在だった。

部屋に戻り、遠藤さんと二人になったところで、なぜだか、理由のわからない涙がほろりとこぼれた。せっかく化粧をしてもらったのに。おしろいを塗った頬に涙が触れた瞬間、遠藤さんに申し訳なく感じた。遠藤さんだって、きっと困ってしまう。涙をなかったことにしようと顔を伏せかけた静子の肩に、その時、遠藤さんが手を置いた。屈んで、静子の顔を覗きこむ。

「今日はおめでたい日ですから、お泣き遊ばさないで」

優しく上品な声とともに、白いハンカチをそっとベールの下から差し入れ、静子の頬に当てる。その顔を見て、ほっとする。ああ、母のいるところで泣いてしまわなくてよかった。静子は無言で頷いた。

遠藤さんに案内されるまま、再び鏡台の前に座ると、涙の跡に遠藤さんが柔らかい手つきでお化粧を重ねて、直してくれる。薄い桃色のベールを取ると、目の前が急にはっきりと開けた。

「お花をつけましょうね」

ベールと同じような桃色のお花を手に、遠藤さんが言った。

6

ベールのかわりに髪にお花をつけて披露宴の会場に戻ると、お酒も入ったせいで、宴会の席は、さっきの荘厳な式とは打って変わって大変和やかだった。

「おお、シズ」

呼びかけてくる叔父さんたちも、皆、普段と同じ調子でほっとする。「きれいだよ」

と何度も、いろんな人から言われた。

薄いベールごしに見ていたさっきまでと違い、今度は目に見えるものすべてが鮮やかにくっきりしていて、そのせいで、さらに照れくさくなる。

「静子ちゃん、素敵よ」と声をかけてくれる友達にも、「うん」と、つい、口数が少なくなった。

六十人ほどの披露宴は、会場に七つのテーブルが用意されていた。その上に、「亀」とか「菊」とか、おめでたいものの名が書かれた席札が立っている。正面にある、二人だけが座れる場所が「高砂」で、その横に仲人である静子の叔父夫妻の席が作られていた。

後ろには、金屏風（びょうぶ）。

その前に、国民服姿の水川が立っていた。招待客相手に話しているその姿を、少し離れた場所から、今度こそしっかりと見られる。相変わらずどうといって特徴の見いだせない、ただただ真面目そうな人だ。

披露宴が始まる、と言われて、静子は躊躇いがちに高砂の方を見る。「参りましょう」と遠藤さんに言われて、ようやく、そっちに歩いていく。

新郎新婦の席についてまず、並んだ料理を見て、「あ」と思う。

静子の好きな、母方の祖母の田舎で取れるたけのこを使ったたけのこご飯。この、煮つけに使われている黒豆は、母が先日、知り合いの農家に行って自分の着物と交換してきたものだ。

ここならばまだ食糧がある、と言われてきた大東亜会館でも、食材の調達は前とは事情が変わってきているそうだ。結婚式の少し前に父から聞かされた。今の大東亜会館では、乾燥卵を調達し、食用蛙をカレーライスに使い、カツレツにもイルカの肉を工夫して使ったりしている。

「舌平目の洋酒蒸が出てくるようなわけにはいかないんだな」と父が言って、静子がそれは何かと尋ねると、大正時代の創業以来、東京會館で名物になっていた仏蘭西料理のメニューだと教えてくれた。結婚式の定番料理でもあったそうで、父は昔、招待された披露宴でそれを食べて、大変気に入っていたのだという。

ともあれ、今はこんな状況だから、結婚式の料理の多くも、家族や親戚による持ち込みがほとんどになると言われた。ならば、と両親があちこちを回って集めてきてくれたのがこのご馳走だ。静子の家からはたけのこご飯や豆、姉の嫁ぎ先のお酒。

鶏肉とかぼちゃが一緒に並んでいるのを久しぶりに見た。なんという贅沢なのだろうとため息が出る。これらの肉や野菜もまた、静子の家と同じく水川の家で用意してくれたものなのだろう。

これを自分たちのために——と思うと、胸が詰まって言葉が出てこなくなる。しかし、そうやって祝福されればされるほど、静子は晴れがましい気持ちになるよりもまず、そこまでのことをしてくれる実家への名残惜しさの方が募る。婚家となる水川家にも、感謝よりも申し訳なさが先に立つ。

水川の隣に、黙ったまま座る。やはり、顔は面と向かって見られないままだった。

しかし、その時、ぼそりと、声が聞こえた。

「うまそうですね」

え？　という驚きの声が、声にならずに喉の途中で止まった。心臓が止まるかと思った。びっくりしてゆっくりと顔を向けると、水川が静子を見ていた。初めてきちんと目が合った。

「うまそうですね。たけのこご飯」

「……はい」

やっとのことで返事をした。どう続ければいいかわからなくて、けれど、まだ話をしたい、という気持ちにも駆られて――おどおどしていると、とうとう披露宴が始まった。

静子は、主役なのにそれらの成り行きを見守るような気持ちで、そこからの時を過ごした。

賑やかな宴会だった。

昼下がりの傾き始めた日差しが、窓いっぱいに差し込んでいる。水川の周りには、友人や同僚たちがたくさん、入れ替わり立ち替わりお酌をしにやってきて、水川もそれに礼儀正しく応えていた。

静子のところにも、たくさんの人がわざわざお祝いを言いに来てくれた。それらに「ありがとう」と応えながらも、静子は、自分の隣で別の人たちの相手をする水川のことが気になってたまらなかった。

時折、彼が親しい友人相手に声を立てて笑うことがあって、そんな時には「あ、こんな顔で笑うのか」と思ったりもした。さっきの神殿での式の時より、声が聞ける分、親しみは湧いた。

入り口に近い、高砂から遠い席の両親たちも、いろんな相手にお礼を言ったりしながら動き回っている。

話ばかりしていて、せっかくの料理を食べるのを忘れていた——とはっとして、人が途切れた合間にまずは鶏肉からと口に運んだ。まったく同じ頃合いに水川の方でも人が途切れたらしかった。すぐ隣でたけのこご飯を頬張る水川と、偶然目が合ってしまう。

大きな口を開けて鶏肉を一口で食べてしまった自分を恥じて、思わず目を見開いてしまったが、水川は、それを不愉快に思ったり、呆れた様子はなかった。ただ、彼もまずいところを見られた、というように、微かに目を見開き、それから二人してあわてて顔を逸らした。

式が終わりに近付き、静子の幼なじみの民子(たみこ)ちゃんからの祝辞を聞いている時のことだった。

静子より少し先に、すでに嫁いでいた民子ちゃんが「静子ちゃん、これからはお互いに家を守りながら、変わらぬおつきあいをしましょう」と言ってくれる言葉に胸が熱くなった。

高砂のすぐ横に立って話している彼女に、うん、うん、と二回、頷いてみせる。

その時、隣の水川の視線が逸れたことを感じた。

それまで一緒に民子ちゃんを見ていたのが、急に会場の奥の方を見る。静子は自分の友達の祝辞の最中に失礼なことをされたと思って、微かな驚きとともに水川をつい振り返ってしまったが、その時にはもう、彼は元通り、姿勢を正して祝辞を続ける民子ちゃんの方を見ていた。

夜が近付いていていた。

カーテンを下ろした部屋は薄暗くなり、式が終わりに近いことを予感させた。そうひとたび感じてしまうと、披露宴の間、束の間忘れることができていた不安が戻ってきてしまう。

「静子ちゃん、本日は心よりおめでとうございます」

民子ちゃんの挨拶が終わり、周囲から温かい拍手が起こる。

披露宴が終わり、招待客から送り出されるような形で、静子は水川とともに高砂を離れた。

これで、今日から自分はもう今朝出てきた関谷の家に帰ることはない。この人とともに、別の家に帰るのだ。

会場の外ではすでに、両家の両親が待っている。

覚悟を決めて、水川とともに歩き出す。会場の扉を一歩出たところで、それまで静かだった水川がふいに後ろを振り返った。

「――カーテンを閉めてくださったのは、あなたですか」

その声に、静子は驚いて水川を見た。彼の視線の先を見る。

彼の前には、初老の黒服が立っていた。名札のところには『佐山』とある。眼鏡をかけた優しげな風貌の人だった。

尋ねられるとは思わなかったのか、問いかけられた黒服もまた微かな驚きを顔に浮かべていた。

水川が言う。

「さっき、祝辞の最中に、カーテンを閉めてくださいましたよね。あなたのご指示で、何人か動かれているようだった」

「はい」

黒服の佐山が頷いた。静子はますます驚いた。では、民子ちゃんの祝辞の時に水川が一瞬、会場の奥の方を見たと思ったのは気のせいではなかったのか。

佐山が言う。恭しく頭を下げながら。

「気付かせてしまいましたか。申し訳ありません」

「敵機が見えたのではありませんか？」

水川が続けた言葉に、静子は息を詰めた。思わず、水川の顔を覗きこむ。水川は微かに険しい顔をしていた。

佐山が頷く。

「はい。アメリカの偵察機が一機、上空に現れたという警報が出されました。どうか無事に披露宴が済むまでは、と宴会の係の者とともに勝手なことをいたしました。今は警報は出ておりません。大事に至らず、ほっとしております」

見れば、宴会の係の人たちが皆、その佐山の声に合わせて、深く頭を下げている。では、この人たちがいろいろと心遣いをしてくださったのだ、と言葉が出なくなる。

「ありがとうございました」

水川が言った。折り目正しくきちっとした身振りで、腰まで折ったお辞儀をする。

佐山は「いいえ。とんでもない」と応えた。

「今日は、素晴らしい結婚式のお手伝いができて、こちらこそ光栄でした。私どもにとっては何よりの幸せです」

嬉しそうに、そして目を細めた。

7

無事に式を終え、大東亜会館の玄関に、水川とともに立つ。

外に出た瞬間に、静子はそこに広がる光景に息を吸いこんだ。吸いこんだまま、そのまま止めて、今度はうまく息をはき出せなくなる。

灯火管制の下の丸の内の街は、真っ暗だった。

偵察機の姿が見えたというのは本当なのだろう。灯りの一切ない、暗い五月の街は、風も出てきたせいで少し肌寒かった。そう思った瞬間、静子の心までもが、真っ暗に沈み込んでいきそうになる。心細く、風にさらわれてしまいそうに思う。

顔を上げてみても、自分より十歳年上の水川は、車に乗るための準備をしていて、ボーイと何か話しているところだった。その背中に、まだ手を伸ばせる気もしなかった。

これから先、自分はどうなるのだろう。

戦争は、日に日に状況が厳しくなっている。厳しくなる、長引く、という言葉を聞くばかりで、そんな中、親しい人たちとも離れて、これからどうやって生きればよいのだろう。

その時だった。

立ち尽くした静子の手を、別のあたたかい手が握った。しっかりと柔らかく、静子の心を繋ぎ留めるように。

顔を上げると、遠藤さんだった。彼女が言った。

「きっと。きっとお幸せになってくださいね」

静子は黙ったまま、遠藤さんを見つめ返した。暗い正面玄関の前で、その手だけが内側からあたたかく光っているようだった。

「行きますよ、静子さん」

水川に呼ばれ、静子はややあってから「はい」と返事をする。遠藤さんに向けて、「ありがとうございます」とお礼を言い、その手を離した。

手を離しても、しばらくは、この手のぬくもりを忘れることはないだろうと思った。遠藤さんに頭を下げて、水川の隣に行く。

背が高くも低くもない、と思っていた水川は、すぐ横に立って落ち着いてよく見れば、案外静子よりは大きく、痩せた肩も男らしく骨張って感じた。

「行きましょうか」というその声に応えて、まだ、どういう言葉を返せばいいのかということもわからぬまま、とりあえず「はい」と言う。

大丈夫だ、と思う。

手にまだ、ぬくもりが残っている。

水川は——この人は、静子が気付かなかった、会館の人たちの気遣いや、偵察機の影にさえ気付ける人だ。それは今日だけではなく、きっとこれからも。

無言で車に乗ろうとしたその時、ふと、静子は、今日一日、水川から話しかけられることをずっと期待してきたけれど、肝心の自分からは彼に何も声をかけていないのだということを思い出した。

そう思ったら、歩き出す足が止まった。水川が怪訝そうな顔になる。その顔に向けて、思い切って、言った。

「——今日からよろしくお願いいたします」

静子の言葉に、水川は面食らったようだった。まさかそんなことを言われるとは思わなかったのか、唇を引き結び、言葉を探す気配があってから、照れくさそうに頭を掻いた。

この人の目は、よく見れば、楕円形のとてもきれいな形をしていて、瞳の中が澄んでいる。優しそうな目をしている。

「こちらこそ、よろしくお願いします」と、彼は頭を下げて、挨拶をしてくれた。


後に、母と姉から、「あなた、緊張していたわね」と指摘された。

静子は自分では気付かなかったのだが、披露宴で持っていた花束が体の震えで揺れていたそうだ。

けれど、そう言われても、自分ではしっくりこない。あの日は緊張というよりは、圧倒的に心細さや不安の方が勝っていた。

あの式の後、静子はようやく打ち解けてきて、健治にまず、あの「駅待ち合わせ事件」のことを聞いた。自分が結婚相手だと気付いていたのか、と尋ねると、健治は、はじめうるさそうに聞いていたが、観念したように認めた。そして言った。

「あんなことがわからなくて、裁判官なんていう仕事がつとまるか」

憎らしい口を叩く人だ。悔しくて、つい聞いた。

「でも、だからって、私のことをあんなに無視しなくてもいいじゃないですか。私はとても傷つきました」

それを聞いて、健治が不思議そうに首を傾げた。

「いや、その後で先生に伝えたんだけどな。聞いてない？」

「何を？」

「とてもよさそうなお嬢さんで、僕にはもったいないほどですって。まさか会いにくるなんて思わなかったから驚いたけど、随分元気がいい人らしいことも気に入りましたって」

面と向かって言われたら、言葉が継げなかった。

叔父からは何も聞いていないし、ひょっとすると、言い逃れをするためにこの人が今こしらえた嘘の話かもしれない。何しろこの人は人の心を見抜く裁判官の仕事をする人なのだから——。思ったけれど、言い返せなかった。

嬉しかったからだ。ならばそういうことにしよう、とありがたく、その言葉をいただいた。

裁判官の仕事は、判事補になってすぐに地方に赴任することになっている。

静子は知らなかったが、健治もまた、結婚する前からもう大阪に行くことが決まっていた。だからこそ急いで妻を探したのだということを、静子は結婚してから聞かされ、そのことについては、水川家にも健治にも、そして叔父にも騙されたような気がした。都内にある婚家の水川家で過ごすどころか、知らない土地で夫婦だけで暮らすのだ。最初は戸惑ったが、その頃にはもう自分たちは二人だけではなくなっていた。大阪に移る頃、静子のお腹には子供ができていた。

大阪への赴任は半年足らずで、その後、今度は姫路の裁判所に赴任になった。

その頃になると、戦争は、より激しいものになっていた。

首都東京をはじめ、アメリカのB29が大挙して来襲し、焼夷弾の雨が降る。結婚した翌年の三月には、今までにない大空襲が東京の大半を焼き尽くしたと聞いて、違う土地にいた静子だったが、肝を冷やした。幸い、両親は両家ともに無事だった。


そして、静子たちのいた姫路もまた、度重なる空襲を受けていた。

静子たちの住む官舎の横に軍の工場があり、そこが昼間のうちに爆撃を受けた。自宅にいた静子は、赤ん坊を連れて外に飛び出した。とんでもない爆風と熱波に目も開けられずに、防空壕まで逃げ込む。

生まれたばかりの女の赤ん坊をねんねこ半纏と頭巾でくるみ、息を殺すようにして空襲が収まるのを待つが、いつまで経っても熱気が収まらず、焼かれた後の地面はたとえ外に出られたとしてもまだ中が燃えているように熱くて、一歩も歩けたものではなかった。

そういう時、子供は無意識に泣いてはいけないことを知っているのか、熱くてもおぎゃあとも泣かず、そのことを心配して覗きこむと息遣いが感じられて、「ああ、生きている」とどうにか安堵するような日々だった。

空襲は、やられるともうどうしようもない。

恐ろしく、逃げられず、そして、後には変わり果てた建物や土地が残る。だから向こうもやるのだろうと、呆然としながら静子は思った。着の身着のままで飛び出したせいで、静子は家財道具やその他、いろんなものを失った。何年か経ってから見返すといい、と勧められた結婚写真も、全部焼けてしまった。

仕事で留守にしていることが多い健治に代わって、健治の同僚や上司の奥さんたちと身を寄せ合うように日々を過ごした。工場の爆撃とともに、住めなくなった官舎を出て、それからは、健治の上司である判事の家の離れにみんなで住まわせてもらった。

大阪から姫路に来てからの毎日は、とにかく、ちゃんと寝られる時がなくなっていた。灯りを消した暗い部屋の中で、ぽーっという空襲警報の音が鳴るたびに跳ね起きる。そして、その音を聞かない日はない。グラマンの戦闘機や偵察機の影に怯えて、少ない食糧の心配をし、子供のためにお乳がしっかり出ますように、と祈る。

窮屈な時代になって、道行く警察官たちの口調も、「おい、こら」と厳しいものになっていた。静子は何もやましいことがあるわけでもないのに、赤ん坊を抱えて身を屈めて歩くような生活にだんだんなっていた。髪の毛やズボン丈にまで神経を張り巡らして生活するようになると、昔、自分が洋裁屋にお勤めした頃のことさえ、夢を見ていたような気になる。あの頃はまだ、たまに絹のドレスが持ち込まれるようなこともあったのに。

八月になると、広島に大変なことが起こったということが、姫路にいる静子たちの耳にも届いてきた。

広島、ついで、長崎。

その時に思ったことは、もう、これは自分たちは死ぬのだということだった。子供と夫とともに、いつか起こる空襲でおそらく死ぬ。それがただ早いか遅いかという段階に入ったのだと。覚悟というほどの勇ましさもなく、ごく自然な考え方として、そう思った。東京にいた頃の静子と同じ年の男友達の多くは特攻隊に入った、とも聞いていた。

ならば、死ぬのは姫路がいいか、東京がいいか。

生まれ育った故郷の東京に戻ろう、という考えが、健治と静子の間に出始めた。

「どうにか切符を手配する」と健治が言い、静子は子供とともにそれを待った。汽車での子連れの旅はおそらく過酷だが、それでも死に場所は東京にしようという気持ちを固めていた。

健治がそんな状況下でどうにか汽車の切符を手配し、出発は八月十六日と決まった。

荷造りをしていたその前日、八月十五日に、ラジオからあの放送が流れてきた。後に、玉音放送と呼ばれる、あの、天皇陛下のお声だ。

静子は、それを姫路の、判事の家の離れで他の奥さんたちみんなと一緒に聴いた。

聴き取りにくい、というのが、最初の感想だった。

何しろそれまで、静子たちは天皇陛下の声など聞いたことがなかったから、まずそれが何なのかわからなかった。途中で、「天皇陛下の声らしい」と誰かが言うのを聞いて、「へえ、そうなのか」と思った。

しかし、それがまさか戦争の終わりを告げているとは、夢にも思わなかった。

随分後になってから、この日、玉音放送を聴いて泣いた、というようなことを言う人の話を聞くたび、静子は不思議な気持ちになる。

聴き取りにくい放送の中で、「堪え難きを堪え、忍び難きを忍び」と言われても、静子はそれを、自分たちを戦争に向けて鼓舞する内容なのだと信じて、疑いもしなかった。

これから日本はさらに苦しい戦争をしていくことになるけれど、それでもどうか堪え忍んで戦ってくれ、という内容で、それをとうとう天皇陛下が静子たちにも告げるような形で直接言う事態になったのだ、と思い込んでいた。

それくらい、静子の頭の中には、戦争が終わる、という考えはなかった。

静子が生まれた頃から、日本は常に戦争をしていた。静子の父親もまた満州事変では衛生兵として出征していたし、周りでは常に誰かが戦争の話をしていた。

死ぬこと以外の、こういう形の終わりを想像もしていなかった。

放送を聴いてすぐに泣いた、という人たちは、どうしてそれが想像できたのだろう。戦争が終わるなどという考え方を、即座にできたのだろうか。

放送を聴いてからも、一緒にいた奥さんたちの中で、終戦とか敗戦の意味を理解した人は誰一人としていなかった。

放送が終わってから静子はまた東京に戻るための荷造りに戻り、皆と別れを悲しんでいたところに、夜になって、健治が裁判所から帰ってきて、そして、教えてくれたのだ。あの放送が、戦争の終わりを告げるものだった、ということを。

戦争の終わりを知ってからも、健治と静子は東京に戻る、という決意を変えなかった。世の中が、これからまた変わり始めるかもしれない。戦争をしている状態しか知らなかった自分たちが、これからどうなるのかは予測もつかない。

それでも、わからないからこそ、まずは、ともかく、東京へ。

予定通り、姫路を離れて、東京への汽車に乗ることにする。

結婚して、一年三ヶ月。子供もまだ五ヶ月になったばかりのことだった。

出発の前日、最後の荷造りを終え、離れの外に出ると、空に星が出ていた。

目を閉じると、その光が沁みて痛かった。昼間の太陽の色がきつく、眩しく焼かれたようになった目の奥には、夜の色が沁み込むまでに時間がかかるように感じた。

終戦、ということは、今日からはもう空襲警報のぽーっという音は鳴らず、起こされることもないのだろうか。まだ、少しも信じられない。寝ていたら、またすぐに起こされるような気がする。家の中では、赤ん坊の幸子がすでに眠っている。

離れの外の庭には、健治が立っていた。

一人きりで、明日には去る姫路の空を眺める夫の背中に駆け寄る時に、ふっと、思い出した。

結婚したばかりの頃はまだ、この人の背中に手を伸ばすことさえ躊躇っていたのだということを。

灯火管制の真っ暗な、大東亜会館の正面玄関で、これから自分はどうなるのか、世の中はどうなるのかと心細さに襲われたあの日、自分の手を握ってくれた人がいた。

「きっと。きっとお幸せになってくださいね」

そう、言って。

姫路では、空襲があり、警察の目を気にして、窮屈に暮らした思い出が圧倒的に多い。しかしその分、親切な人の心遣いは身に沁みたし、何より、幸子も自分も健治も、家族三人、みんな元気で生きている。

幸せ、というのとは、少し違うかもしれない。

けれど、幸子を授かり、今はもう、手を触れられる場所に、健治の背中がある。

時代は、これからますます窮屈になっていくかもしれない。けれど、私の中には、それでもきちんと燃えているものがある。

幸せになりますよ。

心の中でそう答え、顔を上げる。

——きっと、幸せになってみせます。

「健治さん」

庭先に、夏の、濃い土と草の匂いがした。

静子の声に振り向いた健治の手を、いつか、自分がそうしてもらったようにして握る。

健治が一瞬、びっくりした顔をして、だけど、すぐに「うん」と頷いた。

それだけで、会話はなかった。

静子の手を、彼も無言で力強く握り返した。

第四章

グッドモーニング、フィズ

昭和二十四年（一九四九年）四月十七日

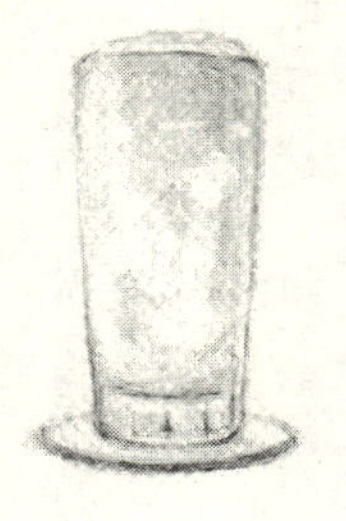

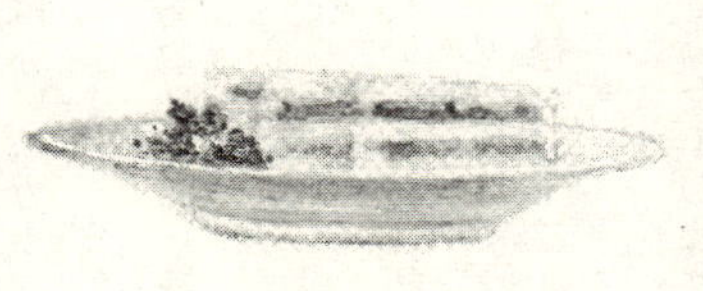

1

建物の骨組みが剝き出しになったままのビル群を抜け、職場に向かう途中でジャズが聞こえた。

桝野宏尚は足を止め、音楽のする方向を見る。

かつて、デパートの三越だった場所の階段がすべて吹き飛び、骨組みが露わになった建物の下で、米兵がジャズをかけ踊っている。一緒にいる女性は赤いスカーフで顔周りを覆った日本人だ。

まだ朝だった。ひょっとすると、彼らは前夜からずっとこのあたりで踊り続けていたのかもしれない。

力強く陽気なリズムを聞くことも、近頃では珍しいことではなくなった。

焼け野原になった後の銀座の通りは、こんなふうな音楽と米兵のジープ、朽ちかけた建物の裏に闇市が並ぶ通りになった。終戦直後には、「これがあの美しいと言われた銀座の街か」と変わり果てた様子に衝撃を受けたものだが、三年も経つと、これはこれで目に慣れたものになる。

桝野も、戦争が終わり復員してきたばかりで職探しに奔走していた年の暮れは、この街の持つ雰囲気自体がまだ怖かった。

昨日まで敵だった米兵たちが街中に溢れ、横切る日比谷公園では昼間、多くの人たちが「米よこせ」という札を掲げてデモの声を上げていた。そのたびヘルメットにMPの文字が入った米兵たちが解散を迫りにやってきて揉み合いになっていた。

終戦の年に二十歳になったばかりだった桝野は、そんな日比谷公園の喧噪を抜けて皇居のお濠の周りを闇雲に歩いた。すべてが変わっていく、という時代の気配に不安を感じながらも、今思えば、無意識のうちに惹かれるところがあったのかもしれない。

昼間はデモ隊で慌ただしい日比谷公園も夜になれば落ち着く。しかし、夜の日比谷公園を歩くのは一度で懲りた。桝野は知らなかったが、夜の公園はパンパンと呼ばれる日本人娼婦が客の米軍兵士を探すための場所でもあり、派手な化粧をした娼婦たちにじろりと一睨みされてからというもの、絶対にもう近付くのはやめようと思った。今も時折、通りかかった夜の通りにこだまする、彼女たちの「ハロー、ジョー！　ヴェリー・グッド、ヴェリー・チープ！」という声を耳にするたび、あの時の気詰まりな思いが甦る。

皇居前広場の向かい、日比谷通りにGHQの本部がある。

もとは、第一生命の本社だったこのビルは、度重なる空襲にも焼失を免れたビルの一つで、真っ先に連合国軍に接収された場所だ。

ダグラス・マッカーサー元帥が吸い口の長いコーンパイプをくわえ、サングラス姿で悠然と飛行機のタラップから厚木飛行場に降り立った時の写真は、桝野も目にしていた。連合国軍最高司令官という肩書きを持つ彼のもとで、日本は連合国の占領下に置かれることとなったのだ。

桝野が仰ぎ見た年末のGHQ本部のビルには、無数の豆電球で英語のサインボードが浮かび上がっていた。最初に見た時、明かりで文字を作って読ませるなどという発想が世の中にあることがまず衝撃だった。戦争をしている間、夜は暗いのが当たり前で、光を外に漏らすことなど考えられなかった身には、なんと贅沢で、そしてもったいないことをするのだろうと思ったものだったが、今はもう、光をもったいないと感じることもなくなった。その光が皇居の石垣と周辺の崩れた建物をそこだけ昼間のように照らすのも、それはそれで悪くない光景に思える。

その時読めなかったサインボードの横文字は、「Merry Christmas」（メリー・クリスマス）と描き出されていたのだと、その後、人に教えられた。

太平洋戦争の後、東京にあるめぼしい建物のほとんどは、連合国軍の接収の対象となっていた。終戦の翌月には、もうそうなることが決まっていたそうだ。

東京に移ったマッカーサーは、着いてすぐ、帝国ホテルでの連合国軍高官との昼食会に先立ち、犬丸徹三支配人に案内を命じて皇居周辺の都心を一巡した。食事を終えたその足で、接収を次々と決めていったと言われている。

そして、ＧＨＱの本部が置かれた第一生命本社ビルと、極東空軍の司令部の置かれる明治生命ビル――その間に挟まれるようにして、東京會館はある。

東京會館――戦時中は大東亜会館と呼ばれたその場所は、昭和二十年三月十日の大空襲の後も生き延びた。

焼失の危機は何度もあった。実際、雨のように降り注ぐ焼夷弾から建物を守るのは容易ではなかったようだ。宿直の従業員や自警団で、文字通り体を張っての消火活動にあたり、どうにか建物を守ることができたと聞く。玄関ロビーの大理石の光沢や、高い天井に三基並んだシャンデリアも無事で、内部の風格はそのままに、宴会場としての機能を失わずに済んだそうだ。

しかし、皮肉なことに、そうやって残った建物は、空襲の後、東京都の庁舎として、都に徴用されることになった。戦争が終わると、名前だけは戦中の「大東亜会館」から「東京會館」に戻されたが、宴会場としての営業再開は依然として遠いままだった。

そんな中、マッカーサーの東京進駐から三ヶ月ほどして、東京會館の運命を変える出来事が起こった。

それは、東京會館を連合国軍が接収し、高級将校のための宿舎とクラブにする、というものだった。それに伴い、建物の名前も〝アメリカン・クラブ・オブ・トーキョー〟と改められる。

昼間から煙草の煙と酒の匂いが充満し、米兵たちの英語と豪快な笑い声が聞こえるこの場所は、桝野にとって、最初は前を通るのも緊張するような怖い場所だった。さながら大人の世界そのものといった風格で、容易に近付けるものではなかった。

しかし――。

どんな奇縁か、今はこの東京會館――〝アメリカン・クラブ・オブ・トーキョー〟が、桝野の職場なのだった。

しかも、煙草の煙と酒の匂いが充満する、まさに大人の世界の中心とも言えるバーで、桝野はバーテンダー見習いとして働いている。バーテンダー見習いと言えば聞こえはいいが、実質は二十人近くいる、バー専門の雑用係のようなものだ。

2

「ただいま戻りました」

駅で受け渡しをされた煙草の箱を手に戻ると、午前九時のバー内では、すでに自分と同じような立場のバーテンダー見習いたちが開店前の準備を始めていた。

會館メイン・バーの開店時間は、午前十一時半。

桝野たち見習いは、先輩のベテランバーテンダーたちがやってくる開店時間の前には、支度をすっかり整えておかなくてはならなかった。たくさんあるグラスをすべて湯通しして磨き、銅製の流しを丁寧に拭く。

バーの中央、一枚板の楕円形のカウンターにまたがって、その表面を磨いていた見習いの一人が、入り口に戻ってきた桝野を振り返った。

「ああ、おはよう」

「おはようございます。今井さん」

今井清は、桝野の一歳年上の先輩だ。カウンターから降り、桝野が買ってきた客に出す煙草の束を受け取る。「ご苦労さま」と声をかけてくれる。

「今井さん」

「うん？」

「それと、これも」

桝野が紙袋を渡すと、今井が声に出さずに、あ、と気付いた様子を見せる。

桝野と今井は目を合わせた。

今井が黙って紙袋を受け取り、カウンター内部にある冷蔵庫の中にしまう。バーにあるのは氷の冷蔵庫だけだ。電気冷蔵庫というものも世の中にはあるが、それは、家が一軒建つほどの高価なもので、レストランの厨房にはあっても、バーには置いてもらえない。冷蔵庫の中には、すでに今井が館内の氷室から今朝運んできたらしい、新しい板氷が入っていた。

たくさんいるバーテンダー見習いたちは、戦後、〝アメリカン・クラブ・オブ・トーキョー〟の時代になってから雇われた者が大半だが、そんな中にあって、今井は唯一、戦前の東京會館で働いていた経験を持つ先輩だった。個性派揃いのバーテンダーたちの下につき若手を束ねる今井のことを、桝野は一歳というだけの年の差であっても偉大な先輩として尊敬していた。

今井が桝野の目を見て、静かに深く、頷いた。

それを見て、桝野も無言で頷く。それは二人だけでここ数日考えてきた企みを、今日実行する、という合図だった。

桝野の手に、緊張した力が漲る。

――今井さんは、今日やろうとしているんだ。

興奮を押し込めるようにして、自分も布巾を手に、カウンターの掃除を手伝う。一枚板のカウンターには、前日の客がつけたコップの白い跡が点々と残っていて、営業時間までにこれを元の色に戻すのは毎日一苦労だ。ひたすらにこすり続け、終わる頃には、手の感覚がなくなる。

掃除をしていると、バーの奥にあるコインを入れるゲーム機の前に、一人の子供がやってきた。その顔に見覚えがある。数日前、アメリカ人の将校に連れられてバーにやってきた日本人の母子連れがいて、桝野がコーラを出してやった。バーに日本人の、しかも子供の姿は珍しかったから、よく覚えている。

「君、どうした？」

尋ねると、子供がびっくりしたようにこっちを振り返った。緊張した目で桝野を見る。たどたどしく「お母さんが、ここで待ってろって」と答えた。どうやら、會館内にいる将校か誰かのもとを母親と訪ねてきたらしい。

そういえば、昨日の掃除の最中、床にお客が落としたらしいコインが落ちていた。ポケットに手を入れると、コインの硬い感触があたる。売り物のコーラを無断で出すわけにはいかないが、これくらいならいいだろう。

「やるか？」

コインを見せ、彼が興味深げに見ていたゲーム機の方を指さすと、子供の顔がさっと輝いた。「うん！」と頷いて、コインを受け取り、ゲーム機の方に歩いていく。

今日はお客の姿もまだないし、遊ばせておいてもよいだろう。他のバーテンダーたちもまた、子供に向けて「お。勝てるといいな」と声をかけている。カウンターの中の今井が、そんな桝野たちと子供の様子を静かに見ていた。

東京會館が将校クラブとして、〝アメリカン・クラブ・オブ・トーキョー〟という名称で呼ばれるのには意味がある。それは、都内には軍関係者のためのクラブやバーはいくつもあるが、そのナンバーワンがここだという意味だ。

そして、そんな〝アメリカン・クラブ・オブ・トーキョー〟は、接収されて三年が経ったこの四月から、呼び名を〝ユニオン・クラブ・オブ・トーキョー〟と改められることになった。

新しい時代の、さらに開かれた相手のためのクラブ。

その場所で、今井と桝野は、今日、新たな試みに挑もうとしていた。

3

桝野はもともと、東京會館にはバー勤務として入ったわけではなかった。

東京會館が接収され、営業を再開してすぐの頃、たまたま會館に何十人といるハウスマンという名の雑用係として、滑り込むように職を得たに過ぎない。

新潟県の田舎で農家の次男坊として生まれた桝野は、尋常高等小学校を卒業してすぐ、地元の酒蔵に奉公に上がった。当時、中学に進級するのはよほど裕福な家の子供だけだったし、長男が家を継ぐ以上、次男の自分は遅かれ早かれ、家を出るしかなかったためだ。

しかし、働いていた酒蔵で、ひょんなことから、そことつきあいのある東京の酒屋が働き手を探しているという話を受け、その店に桝野が紹介された。まさか自分が上京することになるなどと夢にも思っていなかったが、そんなわけで、五反田（ごたんだ）にある酒屋で働くことになったのだった。店主が丁寧な人で、自分の仕事のついでとはいえ、東京からわざわざ新潟の酒蔵まで桝野を迎えにきてくれた。

しかし、その後しばらくして大東亜戦争が勃発すると、五反田の店の経営は途端に苦しくなった。奉公人を雇う余裕もなくなってきたほどだったが、それと時を同じくして、桝野が召集された。

満州から復員した時には、勤め先だった酒屋は、もはや空襲によって見る影もなく消えた後で、桝野をかわいがってくれた店主夫婦の行方もわからなくなっていた。近くの人に聞いた話では、田舎に戻ったのだろうとも、いや、親父さんの方は空襲で亡くなってしまったのだろうとも言われた。

戦争から戻ってきても、新潟の田舎には、相変わらず自分の居場所はありそうもなかった。五反田の酒屋に勤めていた時に酒を卸していた店のひとつひとつを、他に頼るあてもない中、縋（すが）るようにして訪ねると、ある店の主人が、東京會館のハウスマンの仕事を紹介してくれた。

「米軍に使われることは複雑な気持ちかもしれないが、街は今以上にもっと復員してくる若い連中で溢れることになるぞ。贅沢はいっていられない。今のうちに決めてしまいなさい」

それは、終戦の翌年のことで、桝野には選ぶ自由などないも同然だった。明日の食べ物と寝る場所を確保することが最優先で、迷ったり悩んだりしている暇などなかった。その時はもう米軍の残飯を煮込んだ雑炊だってなんだって食べるものがあるならありがたいという心境だったし、駆けこむように會館の仕事に飛びついた。

街を見れば、家々は壊れ、皆、トタン屋根のバラック住居で生活をしていた。しかし、東京會館の従業員は會館の中で寝泊まりすることができる。仲間の従業員たちが〝ドーミトリー〟という言葉を使っていて、何だろうと思っていると、それは米軍の将校たちのために設けられた共同宿泊所のことで、従業員もその隅を使わせてもらうことができるのだという。街で暮らす多くの人々に比べたら申し訳ないと思うほどの住環境だった。

とはいえ、つい最近まで戦ってきた米軍が溢れる建物の中で彼らに日本人が使われている光景を最初に見た時の衝撃は大きかった。それは、気が滅入るとか嫌だということ以前の感情だ。ただ、「なぜ」とでもいうような、不思議な混乱が拭えない。これまでの敵味方の関係とは一体なんだったのか。頭で理解できても心では受け入れられないのだ。その複雑な気持ちが、しばらく続いた。

接収されているとはいえ、東京會館は、日本人の従業員たちによって運営されていた。

ただし、上司となるマネージャーはアメリカ人で、館内でよく姿を見かけた。

ハウスマンだった桝野は、菜っ葉服姿でトイレ掃除や床磨きに精を出し、宴会になると手伝いに駆り出された。

米軍の宴会は、派手で、華やかだった。

アメリカ人たちは、東京會館で、それまでは〝格天井の間〟とか〝バンケット・ホール〟と呼ばれていた部屋を、〝ゴールドルーム〟、〝ローズルーム〟と新しい名をつけて呼んでいた。その場所で毎晩のように、軽快なバンドの生演奏があるダンスパーティーや、自動車を景品にしたビンゴ大会が開かれる。まだ焼け野原が広がる外の街と會館の中はまったくの別世界だった。

ある時、宴会で飲み物を用意するバーテンダーの一人から、桝野は「ハウスマンをやめてバーに来ないか」と声をかけられた。

黒のジャケットを着込んだバーテンダーの中で、ただ一人白いジャケットを着たその人が、なぜ自分にそんなことを言ったのかわからず、きょとんとしていると、その人は本多（ほんだ）と名乗った。

後でバーに来てからわかったことだが、その本多春吉（はるよし）という人は戦前からずっと東京會館で酒場主任を務めていた人物だった。つまりは、チーフ・バーテンダーであり、彼の着ていた白ジャケットは、バーコートと呼ばれるチーフの印だ。バーテンダーたちは皆、ベテランも見習いも、このバーコートを目指して修業を積む。

まだ何も知らなかった当時の桝野の目にも、白髪に白のバーコート姿の本多は、見るからに偉い人なのだろうとわかった。たくさんいるハウスマンの中、なぜ、自分に声をかけたのか、桝野には不思議だった。かつて酒屋に勤めていたとはいえ、その店が扱っていたのはもっぱら日本酒だったし、同僚の中には、自分よりもっと酒が好きそうな者もいる。

「なぜ、僕に声をかけたのですか」

尋ねると、本多が笑った。

「いえね、バーで人手が不足しているんだが、君が北陸の出身だと聞いてね。うちの若手の中で同じく北陸出身のヤツがいて、そいつがとても真面目な働き者だから、北陸出身だったら勤勉に働くだろうと思って、誘ったんだ」

ただそれだけの理由なのか、と思うと、呆気にとられてぽかんとしたが、悪い話ではなかった。ハウスマンの仕事の過酷さに比べれば、バー勤務の方がいくらかマシなのではないか。

宴会の支度では、バー勤務の若者たちに理不尽に使われることも多かった。

たとえば、コカ・コーラやビールの瓶入り木箱の運搬もそのひとつだった。コーラ瓶の二十四本入りの木箱の山を運ぶように命じられ、両手で二箱ずつ抱えようとすると、

「何をやってるんだ！」とどやしつけられた。「そんなふうに運んでいたら、いつまで経っても終わらない。一度に七箱は持て！」

　重たい瓶の箱を七箱も抱え、三階でも四階でも、時には屋上にさえも運んでいかなければならないのだ。バー勤務の若者たちも一緒だったが、彼らは少し手を抜いて、五箱か四箱、という者もいた。

「エレベーターは使えないんですか」

　桝野の同僚が尋ねると、「無理だ」とにべもなく断られた。「調理場にはあるけど、バーには使わせてもらえない」と不機嫌そうに答える様子を見て、彼らも彼らで大変なのだろうと思ったが、だからといって立場がより下の自分たちにあたるというのは勘弁してほしかった。

　おそらく、どの仕事もつらいことに変わりはない。どうせ同じ仕事をするのならば、少しでも立場が違った方がよい。

　誘いに乗り、バーに勤務するようになって、まず紹介されたのが、先輩となる今井清だった。

　これまでも、宴会の仕事に手伝いで駆り出された時にはたびたび目にしていた顔だった。年は自分より一歳上なだけだが、若いのに不思議な落ち着きを備えた人だった。何より、桝野はまだ気後れしてしまう外国人相手のバーにも溶け込み、立っている姿に違和感がない。

「やあ。来てくれてありがとう」

そう挨拶してくれた今井こそが、本多が言っていた〝北陸出身の真面目な働き者〟だった。

ならば、この人がいなければ自分はバーに誘われることもなかったのか。

「ああ、あなたのおかげで僕はバーに来られたんですね」

彼にそう告げると、今井ははにかむように笑った。先輩だけれど、少しも偉ぶった雰囲気のない、優しそうな人だった。

「本多さん、そんなふうに言ったか。実は俺の時もそうだったんだ。バーテンダーが一人辞めて、その人が北陸出身で素直な働き者だったから、と。確かに俺はそれだけの縁で声をかけられたけど、君は違うよ」

「どういうことですか」

「俺が本多さんに言ったんだ。あの桝野というハウスマンはきっといい仕事をするだろうから、バーに採ってくださいって」

「え、僕が？」

何かの間違いではないかと首を傾げると、今井が先回りするように首を振った。

「君ぐらいのものだったよ。毎度、ウイスキーの瓶をきちんと割らないで運ぶのは」

ますますきょとんとする桝野に、今井が手品の種明かしをするように続ける。

「酒の搬入を手伝ってもらう時、仕事を頼むとだいたいどの部門の従業員もみんな、喜んでやってくる。だけど、必ずと言っていいほど、毎度、スコッチの瓶の入った箱が一箱、同じ場所に落ちるんだ。そうなると、後は見事な連係プレーで、誰かがバケツを差し出してきて、割れた瓶から流れ出した酒を受ける。どういうことかわかるかい？」

そういえば、そんな場面を見たことがある。割れた瓶のあたりから漂う甘い香りに、なんともったいないことを、と思っていた。

「わかりません」

バカ正直に答えると、今井が答えを教えてくれた。

「あれは、後で闇市で売るんだよ。そうすれば、目の玉が飛び出るような金額がついて、自分たちが遊びに行ける資金になるからね。みんな、まず間違いなくそうするところを、君は、本当に真面目に箱を運んで、絶対に落とすまいと歯を食いしばっていた。これは信頼できると思ってね。一緒に働いてみたかった」

思わぬ言葉を聞いて、桝野は驚いた。

そして――じわじわと、胸に喜びが湧いてきた。これまでに経験したことがなかったと思えるほどの、甘く、あたたかい、喜びだった。

それはおそらく、自分が酒屋で働いてきたことと無関係ではなかったからだ。売り物の商品を誤魔化したり損失を出したりすればきつく責められたし、酒の一本一本を大事なものだと教え込まれてきた。その点を評価してここに呼んでもらえたのだとすれば、こんなに嬉しいことはない。依然として行方がわからない、かつての自分の雇い主である夫婦にも喜んでもらえそうに思った。

「ありがとうございます」

桝野は言った。

この人とこれから一緒に働くのだと思うと、とても嬉しかった。

4

とはいえ、始まったバー勤務は決して楽なものではなかった。

開店の十一時半までに終わらせなくてはならない準備のつらさは毎日続くし、開店したらしたで、昼食前後のバーには客が酒を求めてどっと押し寄せてくる。

酒を提供するのは、戦後の東京から本多が自ら出向いて集めてきた個性的なバーテンダーたちだった。

いずれも横浜のホテルニューグランドや銀座のカフェー・ライオンといった場所でバーテンダーを務めた人たちで、中には、帝国ホテルでチーフ・バーテンダーを務めた人もいた。

その人たちが悠然とカクテルを作り、英字新聞を読む姿や、若い頃からのバー経験で培われた折り目正しい英語を話す姿には痺れた。どうしたらこの人たちのようになれるのか、と桝野も憧れたし、その独自のシェーカースタイルを真似ようと、帝国ホテルの現役バーテンダーが見学にやってくるほどだった。

こうしたスーパー・バーテンダーたちが集合した〝アメリカン・クラブ・オブ・トーキョー〟のバーは、日本のバーテンダー技術の陳列場とまで呼ばれた。

しかし、桝野をはじめ、急ごしらえで集められた若手の見習いたちは、今井を除いてすべてが言われた通りに動くだけの、酒のことはおろか、サービスのなんたるかも知らない者たちばかりだった。前の仕事での態度を褒められて誘われた桝野はまだいい方で、他の多くの者たちは、好きでバーに来たわけではないという態度を隠さず、仕事に自覚がない者も多かった。

つまり、指導者ばかりが集まって、それに続く中堅が不在である上に、なかなかベテランから現場を引き継げる者の育たない状況になりつつあった。

この状況を、今井が冗談めかして「オレたちのバーは部隊長クラスが五人も六人もいるのに、中隊長も班長もいない変形部隊みたいなものだよな」と笑って言ったことがあったが、そう言いながらも、彼だけが真剣にこの場所をどうにかしようと考えていることが伝わってきた。

なぜなら、〝変形部隊〟のバーの中で唯一、圧倒的な先任兵としての存在感を放っていたのが今井だったからだ。

ベテランのバーテンダーたちは技が確かで職人であればあるほど、経営や事務方については疎い者が多い。そんなスーパー・バーテンダーたちを補い、助け、実務面の一切を取り仕切るのも、自分たちといくらも年が違わない、この先輩なのだった。

今井はおそらく、桝野がバー勤めになってからのこの三年というもの、ほとんど帰宅することなく職場に詰めているのではないかと思えた。

毎朝九時近くになると、ドーミトリーで寝ている自分たちを「朝だ。支度を始めるぞ」と起こすのはまず今井だった。それでいて、今井は、桝野たちとは同じ部屋には寝ていない。

一体どこで寝泊まりをしているのかと、夜、営業を終えたバーに戻ってみて、その謎が解けた。

今井はメイン・バーの中に米軍の野戦用折り畳みベッドを持ち込み、寝袋にくるまって寝ていた。灯りの消えた暗いバーに足を踏み入れた桝野に、寝袋から体を起こした今井が、鋭い声で「誰だっ!」と呼びかけ、その大声に桝野はびくりと身をすくめた。

あわてて、「桝野です」と答える声が、変に緊張して喉に絡んだ。

身を起こしかけた今井が、入り口の向こうから洩れる廊下の灯りに目を細めた。桝野の顔を確認し、ほっとしたようにため息を吐く。

「なんだ、桝野か。脅かすなよ」

「今井さんは、毎夜、ここで寝泊まりしているんですか。一体、どうして」

桝野は驚いていた。どこまで仕事が好きなのだ、と日頃からつらい業務を薄給でこなしながらも不平不満を言うのをまったく聞いたことがない、先輩の顔を見つめる。

するとその時、自分の後ろから、思わぬ大声が、ヘイ、と聞こえた。

背中に緊張が走る。振り返ると、大柄な米兵が二人、何かを言いながらこちらにやってくるところだった。何か、桝野には聞き取れない英語を話し、それから互いにだけわかるように頷き合うと、桝野や今井の方を露骨に見て大声で笑う。バカにしたような、自分たちを軽んじるような内容を囁き合ったのだろうということだけははっきりわかった。

目が虚ろで、足取りも危うい米兵たちは、おそらく相当に酩酊していると見えた。バーはもう閉めている、と伝えたかったが、普段は先輩バーテンダーたちが英語で応対しているのを見ているだけの桝野には、言葉がひとつとして出て来ない。

何より、開店している時と違って、すでに閉めている薄暗いバーの中で見る巨体の外国人の存在が、昼間よりもずっと恐ろしく感じられた。

彼らが今井に向けて何か言う。

すると、いつの間にか寝袋からすっかり抜け出した今井がカウンターの中に入り、彼らに、これもまた英語で何か、短い言葉を返した。そして、ビールの瓶を彼らに渡した。

オオー、と二人の米兵の間から声が上がる。おどけるような、また、バカにするような、どちらともつかない声を上げ、何事もなかったかのようにバーを出て行く。

桝野は何もできずに、その背中をただ見送った。彼らの姿がすっかり見えなくなり、声が遠ざかってから、今井がふう、とため息を吐いた。桝野に言う。

「人間は、日本人でもアメリカ人でも、一度酒がほしいと思うとどうしようもないからな。そういう連中にバーを荒らされるのはごめんだ」

「これまでも、こういうことはあったんですか？」

「前にあったろ。夜中に酒を探しに来た将校が、グラスをめちゃくちゃに割って騒いでいたことが」

だいぶ前のことになるが、確かに記憶にある。ひどいことをする、と思ったものだったが、あれきり同じようなことはないのですっかり安心していた。まさか、今井がここで体を張っていたからだなんて思いもしなかった。

「酒を取りに来る相手は言うまでもなく素面(しらふ)じゃないし、酩酊状態だから、言葉で言ったって聞きやしないよ。一番いいのは、今みたいにビールの一本も持たせておとなしく帰すことだ」

「あの……」

「何だ？」

「僕も、今日からここで寝泊まりしてもいいですか」

桝野の胸に、言葉にならない感動が押し寄せていた。自分の体を盾にしてでもバーを守る、という気概を持つ先輩に圧倒される。

桝野の申し出に、今井が一瞬、驚いたような表情を浮かべた。

しかしすぐ、その顔が疲れたように笑う。「危ないよ」と首を振った。

「一度なんか、ピストルの矢面に立たされたこともある。そういう時はもう、逃げるしかない。スコッチを持って行かれて、あれは悔しかったな」

「だったらなおさら、一人よりは二人の方が少しは心強いでしょう」

桝野も笑った。

その日から、桝野もまた、寝袋にくるまってバーの硬い床に寝そべる生活を、毎日とは言わないまでも、今井につきあって何日か置きにするようになった。

今井の言葉は誇張でもなんでもなく、一度だけ、酔った相手にピストルを取り出されたことがある。

「……桝野」

「……今井さん」

薄暗いバーの中で隣り合い、ピストルの前で硬直したまま、小声で互いの名前を呼ぶ。そして次の瞬間、二人同時に、わっと走り出した。あらかじめ示し合わせていたかのように、体が自然とそうなった。

バーを飛び出し、大理石の光る玄関のあたりまで一目散に二人で走る。転げるようにして扉の手前で足を止めると、ようやくお互いの顔が見られた。

桝野も今井も顔色は真っ青だったが、向き合うと、なぜか笑いがこみあげてきた。酒を持っていかれるのは悔しかったが、無事に逃げ出せた安堵も手伝って、愉快な気持ちが湧きおこってくる。

「いやあ、怖かったなあ。桝野、まだ足ががくがくしているだろ」

「今井さんの方こそ、オレを置いていく勢いだったじゃないですか」

軽口を叩き合いながら、ただただおかしくて笑ってしまう。

自分にこんな同僚ができたことが、桝野は楽しくて仕方なかった。

5

今井は優しい先輩であったが、しかし、優しいだけの先輩というわけでもなかった。

特にそれを痛感したのは、桝野が体調を悪くした時のことだ。ある時、風邪で熱が出て、激しい寒気と闘いながら、青い顔をしてバーへ出て行くと、今井から「おい、桝野。どうした？」と声をかけられた。心配してくれているのかと思って、「昨日から熱が」と答える。

「けれど、大丈夫です。せめて支度だけでも」

自分では、無理を押してでも働くのだという姿勢を尊敬する今井に見てほしいという気持ちもあったのだが、そんな考えは即座に今井や、本多ら他のバーテンダーたちにははねのけられた。

「おまえ、そんな青い顔をしてお客の前に立つつもりか。お客が不愉快だから、ウエイトレスのところに行って頰紅を借りて塗ってこい！」

強い言い方で命令され、泣き出しそうになった。

しかし、そんなことがあっても桝野は仕事を辞めようという気にだけは絶対ならなかった。寝泊まりできる場所と食べ物の確保のためという思いももちろんあったが、一番の理由は、バーの仕事にやり甲斐を見いだし始めたからだ。最初は成り行きで飛び込んだに過ぎなかった酒作りの仕事の面白さが少しずつわかり始めてきた。

今井や先輩たちが「あの客には、ジンをもっと強く入れて」などと話しているのを見ると、酒というのは杓子定規に作り方を覚えるだけのものではなくて、人を相手に出すあくまで〝飲み物〟なのだということもよく実感できた。

戦後の〝アメリカン・クラブ・オブ・トーキョー〟時代のバー勤務は、つらいことはつらかったが、仕事を教えてもらえる分、東京會館時代から勤務する今井が新米の頃よりは、ずっと恵まれていたようだ。

最初は掃除などの雑用しか任せてもらえなかったが、一年もすると、バーテンダーたちも、早く後輩を戦力にしたいという思いから、氷の割り方やカクテルの作り方を率先して教えてくれるようになった。今井の若い頃は、先輩たちに満足に仕事を教えてもらえず、酒作りは見て盗む以外には覚え方がなかったと聞くから、これは本当にありがたい。

教えてもらえるようになって、改めて感服したのが〝會館ステア〟と呼ばれるステアのやり方だ。

桝野はこれを、今井からマティーニを作るところを見せてもらいながら説明を受けた。マティーニは米兵たちから特に人気のあるカクテルで、昼近くにバーがオープンするとどっと押しかけてきた彼らが口々に、「マティーニ」あるいは「ドライ・マティーニ」と注文する。

作り方は、バーテンダーそれぞれに独自の色があって違うそうだが、ごく一般的なやり方を、まずは教えてもらった。

マティーニ作りの命は、なんといってもステアにある。バーテンダーの仕事というと、シェーカーを振って酒を混ぜ合わせるシェークを思い浮かべる場合が多いかもしれないが、マティーニは違う。ミキシング・グラスの中で、氷とドライ・ジン、白ワインをベースとしたドライ・ヴェルモットを、長いバー・スプーンを使って混ぜ合わせる。

「シェークでは濁りが出てしまうような場合、多くの酒はこのステアで作る。酒作りの基本のひとつだ」

　グラスに移したマティーニにオリーブの実を落とし、仕上げにレモンの薄皮を搾って香りづけする。

　濁りのない透明なマティーニはグラスいっぱいまでなみなみと注がれ、お客が直接口をつけなければすぐにこぼれ落ちてしまいそうなほどだ。表面張力で盛り上がったその姿は容易に手を触れてはいけない一つの彫刻のような美しさがあり、最初にその姿を見た時は息を呑んだものだ。

　バー・スプーンを滑らかに動かす先輩たちの手の動きを真似ようとして、スプーンを摑んだ桝野は、まず今井からその持ち方を「違う」と注意された。食事をする時と同じように持ったのだが、指のかけ方を直される。人差し指と薬指で前を持ち、中指を後ろに引いて、バー・スプーンを真ん中で挟むようにする。

「人差し指と薬指を動かす動きを一、中指を動かすのが二だ。一、二、一、二、で動かしてみろ」

そう言われても、ぴんと張った指は慣れない姿勢をとるせいで攣ったように痛み、ゆっくり一、二、と動かすのが精一杯だ。不恰好に、一、二、一、二と動かしても、とてもスプーンが〝回る〟というふうなところまでは動かない。見かねて、今井が、桝野からバー・スプーンを引き取った。

「どれ、やってみよう」

今井が言って、ステアをする。バー・スプーンが回転する小気味いい音が、ミキシング・グラスの中で聞こえる。桝野は舌を巻いた。実際にやらなければ、この大変さはわかるまい。それまで、桝野はステアをただバー・スプーンを持って手首で回転させるものだとばかり思い込んでいたが、今井の手は、指先だけが手品師のように一、二、一、二の動きを素早くするだけで、手首から上はまったくと言っていいほど動いていない。指だけで回転させているのだ。

「ステアって、こんな大変な動きをするものなんですか。どこのバーでも？」

「バーによってやり方は多少違うだろうけどね。俺が最初に入った東京會館の時代から、ここではみんなこのステアをする。〝會館ステア〟と呼ばれていて、まず、これがカクテル作りの初歩だ。血が出るまでやる」

血が出るまで、という今井の言葉に桝野は息を吞んだ。嘘でも誇張でもなんでもなく、今井ならばそうしてきたのだろう。しかし、今井の手品師のような指先は、その苦労も、血もマメの跡もなく、きれいに會館ステアの動きを描く。そんなふうになりたい、と強く思った。

「わかりました」

その日から、桝野の一、二、一、二の會館ステアの修業が始まった。そうするうち、動きがだいぶマシになり、たどたどしい上下の動きにしか見えなかったバー・スプーンがようやく回転して見えるようになってきた。

一方、先輩の今井は、スター・バーテンダーたちに交じって、実際に客にカクテルを出す立場になっていた。

その背中を見るようにして、桝野も懸命にカクテルの勉強をした。

ある夜、カウンターの内側で眠る前に、桝野は、今井に「英語を教えてほしい」と頼み込んだ。

桝野の頼みに、今井は驚いたようだった。

「俺だって話せないよ」と即座に言う。

「俺は尋常高等小学校を出てるだけだし、必要に応じてどうにかやってる程度で、とてもじゃないけど人に教えられるような立場じゃない」

「だけど、俺、知ってますよ。マネージャーたちが、今井さんのいる前では気をつけてること」

バーで働くスター・バーテンダーたちは、英字新聞を読んだり、客の注文に臆することなく英語で何なりと答える人たちが多い。その人たちと今井は確かに少し違う。しかし、今井は、口数こそ多くないが、英語がちゃんとわかっているようなのだ。事実、夜のバーで寝泊まりしている際、今井は英語を話して米兵を追い払っていた。――自分が酔っ払った米兵の前で何も返せずに立ち竦んだ時のことを思い出すと、桝野は今でも恥ずかしさと恐怖に体がかっとなる。

バーにやってくる外国人の客たちは、日本人のスタッフを軽んじている者も多いが、そんな中、今井は本多から、「おまえのことは、客たちが気をつけてるのがわかるよ」と言われていた。

今井は英語を、話せるほどではないが聞き取れている。だから、アメリカ人のマネージャーや常連の客たちは今井の前では大事な話はしない。

今井が尋常高等小学校を出ただけだというなら、桝野もまたそうだ。どうしたらそんな力が身につくのか、聞いてみたかった。

今井は気まずそうに肩をすくめる。「本当にそんな、たいそうなものじゃないんだが」と戸惑いながら、教えてくれた。

「英語を勉強したというよりは、酒の勉強をしたかったんだ。酒棚の酒は洋酒だけだから、アルファベットだって満足に読めない俺には、酒の種類がまったくわからない。だから、ちょっとした工夫をした」

「工夫？」

「瓶のラベルに小さく数字を書いておいたんだ。ノートにはその番号と酒の名前を書いて、それを順番に覚えていった。毎日それをやるうちに、気が付いたらローマ字が読めるようになった」

「酒の名前……。全部ですか？」

酒棚に並ぶ瓶を前に、桝野は絶句する。今井はなんということもなさそうに「ああ」と頷いた。ずらりと並ぶたくさんの種類の酒瓶を振り返り、一本手に取る。今井が書いたというラベルの下の数字を探すが、どこにも入っていない。桝野がそれを探していることに気付いたのか、今井が「今はもう書かないよ。覚えたから」と笑った。

「そんなことを繰り返すうちに、だんだんと英語に慣れた。だからなんとなくわかるんだろうな」

そう言われて、再び並んだ酒瓶を見る。

言葉がなければ理解できないと思っていたものが、今井は逆だった。酒を覚えることで言葉が後からついてきたのだ。ただ闇雲に話したいと思うのではなく、自分の仕事に何が必要かに合わせて実地で身につけただけだった。

今井に倣い、その日から、桝野は瓶のラベルを、数字こそ書かなかったが、睨むようにして名前と見比べ、暗記するようになった。そうすると不思議と、酒の名前を口にすると同時にラベルのアルファベット表記も一緒に浮かんでくる。

こんなやり方を考案するなんて、どれだけ酒の勉強が好きなのか、と、今井の情熱に呆れるような、感服するような思いがした。

米国軍がもたらした酒を自由に使える東京會館は、バーテンダーにとっては恵まれた環境だった。仕事はきつかったし、休みもほとんどなかったが、それでも會館の中に流れる時間は外とは違ってどこかのびやかに感じられた。

初夏から秋の半ばにかけて屋上でディナー・ダンシングの夕べが開かれると、今井や桝野もその手伝いに駆り出された。夏の夜空の下、酒を出していると、バンドの演奏に合わせて踊る客たちの横で、よく「こらっ！」という怒声が聞こえた。顔を向けると照明係の若いバーテンダー見習いたちがきまり悪そうに笑っている。それを見て、桝野は「ああ、またやったな」と思う。

バンドを照らすライトを、みんなが踊りに夢中になっている隙に皇居前広場に向ける遊びが、照明係の間で流行していた。そこで出会う日本人娼婦と米国軍の兵士の姿を照らしてからかうためだ。

そんなふうに仲間たちが悪乗りして上司に叱られている時でも、今井だけは、ひとり、会場の隅で舞台の方を見ていた。

舞台では、ジャズバンドの演奏に合わせて女性のシンガーが歌を披露していることも多かった。桝野がふざけて、「今井さん、ああいう子が好みなんですか」と尋ねると、今井はきょとんとした顔になって、それからゆっくり「ああ……」とまた舞台を見た。苦笑して続ける。

「違う違う。マラカスの動きがシェーカーの振りの参考になるかもしれないな、と思ってね」

そう言って今井が指さしたのは、アメリカ人のマラカス演奏者だった。

「またまた」

今井が照れているのかと思って、桝野は笑った。酒の話題には饒舌だったが、それ以外の遊びの話になると、いつもやや気詰まりな様子になる。そんな先輩の人柄を、桝野は好ましく思っていた。

しかし、この時、今井は何も照れ隠しでそう言ったわけではなかったようだ。しばらくすると、彼のシェーカースタイルは、体の前で前後に振る伝統的な縦振りから、独特の横振りに変わっていった。そんな今井のリズミカルで独特なシェーカースタイルを見て、バーにも「彼に作らせたい」と指名する客が増えていた。

今井はそんなふうに、この場所で吸収できるものすべてを吸収してとことん酒につなげる人だった。

アメリカの陽気な風と、日本人の技術が重なって進化していく今井のカクテルを間近に見られることは、きつい仕事の日々にあって、桝野の何よりの楽しみだった。

6

桝野が勤め始めた頃から〝アメリカン・クラブ・オブ・トーキョー〟のマネージャーを務めているのはラフェンスバーガーという名のアメリカ人で、ＧＨＱに接収されてから、彼は四代目のマネージャーだった。

他のマネージャーを知らない桝野にとって、ラフェンスバーガーは、長身で眼光鋭い、怖い人だという印象だったが、それまでのマネージャーを知る今井やバーテンダーたちに言わせると、歴代のマネージャーの中で、あれほど〝フェア〟な人はいないということだった。フェアとは、公平であるということだ。

「他のマネージャーに限らず、敗戦国の国民を蔑視するアメリカ人が多い中で、ミスター・ラフェンスバーガーはそれが日本人だからどうという対応はしない。信頼できる人だ」

館内で働く日本人従業員に、無言で威圧感を与えるように歩くラフェンスバーガーは、アメリカ人にしては痩せた方で、他の米兵が肩をいからせて歩く様子とはまったく違うのに、やってくるとそれだけで緊張感があって、桝野は初め、このマネージャーに親しみが持てなかった。

自分たち日本人には、にこりともしないのに、やってくるアメリカ人の客たちにはすぐに笑顔を作って駆け寄り、バーに案内してもてなし、盛り上がる。マネージャーのそんな様子を見ていると、所詮（しょせん）は同じ国の者にしか心を開かないのではないかと、今井たちの言う〝フェア〟の意味がよくわからなかった。

桝野の中で、そんなラフェンスバーガーの印象が変わったのは、ある一件があってからだ。

〝アメリカン・クラブ〟で連日行われる催しには、千人以上の規模の大パーティーが少なくない。最後まで酒を切らさないためにはどうするか、今井や先輩たちはその研鑽（けんさん）も怠らなかった。そのためには、グラスにできる限り手早く酒を注ぎ続ける他ない。

「こうやったらどうだろう」

ある時考案された今井のやり方は見事だった。

グラスを十個ずつ二列に並べておいて、封を切ったばかりのウイスキーを傾け、二列の上を走らせながら注ぐ。元に戻ってきた時には瓶の中身が空になっている、というやり方だ。これはいい、とすぐに仲間たちが皆、同じ方法を取るようになった。

毎夜のパーティーをそれでどうにか乗り切っていたのだが、しばらくしてマネージャーであるラフェンスバーガーがこう話しかけてきた。

「その雑なやり方はやめたまえ。酒の味や量を均一に守ることは宴会場の品格というものだ。メジャー・カップを使ってひとつひとつ正確に測るべきだ」

「しかし、そんなことをしていれば大人数の注文に応えることはできませんよ。宴会自体が回らなくなってしまう。それに、私たちにも仕事で培った勘というものがあります。決して雑に酒を作っているわけではありません」

マネージャーからのクレームにバーのメンバーは頭を抱えた。しかし、眉間に皺を寄せたラフェンスバーガーは譲るつもりはないようだった。

すると、今井が、ラフェンスバーガーにこう申し出た。

「では、自分が注ぐのと、メジャーで測るのと、どちらが正確か比べていただけないでしょうか」

今井が堂々とそう提案する様子に、横で見ていた桝野は肝が冷えた。上の立場にいる偉い人が、現場にそんな機会を与えてくれるはずもない。しかし、予想に反してラフェンスバーガーはしばらく考えた後、「オーケイ」と応えた。表情は乏しいまま、相変わらずにこりともしなかったが、最初から自分たちを相手にしないということはなかった。

大人数のパーティーを待った、次の機会。

今井の手仕事は冴えていた。メジャー・カップと比べても、バーテンダーの手仕事には狂いがなく、結果は今井の勝ちだった。

結果を見たラフェンスバーガーは、特に感嘆したり、驚いたりはしなかった。ただ、それまでと同じように静かに頷き、「酒のことは君たちに任せる」と伝えて、パーティー会場を去った。

去りゆくその背中を見つめながら、桝野はなるほど、と思ったものだ。これが、今井たちの言う、彼の〝フェア〟な態度か、と。

それからしばらくして、今度は、バーで揉め事が起きた。やってきたアメリカ人のグループが、会計の際に「こんなに飲んでいない」と文句をつけ始めたのだ。勘定をごまかして上乗せしたのだろう、と払おうとしない。

バーのスタッフが日本人ばかりとわかった上で、明らかに自分たちを軽んじたその態度に、桝野も今井も、先輩のバーテンダーたちでさえ憤った。しかし、相手は「おまえたちのミスだ」と一向に主張を変えない。すると、騒ぎを聞きつけたラフェンスバーガーが支配人室から出てきた。

バーにやってきたラフェンスバーガーは、今井たちバーのスタッフと客のアメリカ人たち、両方の話をまず聞いた。こちらには、詳細につけた請求の明細がある。追加された酒の分もすべて書き留めてある。桝野たちは、当然、マネージャーが、客たちをどうにかしてくれるのだろうと思っていた。しかし、予想に反して、ラフェンスバーガーは客たちの方に「わかった」と答えてしまう。ひとまず伝票にサインをするように言った。

これには失望した。こんなことを認めてしまえば、自分たちが正しい仕事をしなかったと言われたも同然じゃないか。この人もまた、他のアメリカ人と同じで、日本人の言うことなど信用しないのだ、と。

思わずマネージャーに直談判しようと立ちかけたその時、客のサインを見たラフェンスバーガーが、こう呟いた。

「サインが、激しく乱れていますね」と。

それは、とても冷たく、そして、毅然とした声だった。表情の消えたアメリカ人の客たちに向け、続けてこう言い放った。

「幹事のあなたのサインがこれだけ乱れているということは、他の人たちはあなたよりずっとたくさん飲んでいるんじゃありませんか。よって、こちらの提示した金額こそが妥当な請求額であると考えます」

唖然とするアメリカ人の客たちに、そしてこう続けた。

「それでもまだ私の従業員がごまかしたと言うのなら、代金は一セントも払っていただかなくて結構です」

今井と桝野は顔を見合わせた。ラフェンスバーガーが、自分たち日本人を躊躇いなく「私の従業員」と呼んだことに胸がすくような思いがした。

あれだけごねていた客たちが、気まずそうに目配せをし合う。支配人のきっぱりとした物言いの迫力に圧倒されたように、小声でごにょごにょ何か呟き、結局、バーの主張の通りの金額を払って、逃げるように出て行った。

見事な解決をしたラフェンスバーガーに向け、桝野は、拙い英語で「サンキュー」と話しかけた。今井式の英語の勉強の成果もあって、その頃には、話せないまでも、聞き取れる程度には英語が身についていた。

ラフェンスバーガーの態度は相変わらずだった。にこりともせずに、淡々と「礼を言われる必要はない」と答えた。

「私は私の仕事をしただけだ。君たちが自分の仕事を正確にしたのと、それは同じことだ」

あっさりとそう言って、支配人室に戻っていく。

そんなラフェンスバーガーだが、客に交じって、バーに飲みに来ることもあった。

旧知の友人といったアメリカ人をもてなしている場合が大半だったが、一人だけでカウンターに座っていることもたまにあった。

彼が気に入っていたカクテルはブル・ショットだ。仲間といる時にはまず飲まないが、一人で飲む時には必ずこれを注文した。それは、ひそかな楽しみを独り占めするような飲み方だった。

ウォッカにコンソメスープを混ぜたこのカクテルを、夏には冷たく、冬には温かいまま飲む。〝アメリカン・クラブ・オブ・トーキョー〟は、レストランの料理も一流で、帝国ホテルに宿泊した米国軍の幹部がホテルの料理を食べずに出前を頼むと言われるほどだったから、酒に、ここのコンソメスープを混ぜるというのは格別の贅沢であると、よく言っていた。

帝国ホテルをはじめ、多くのレストランがコンソメスープをビーフで作っていたのに対し、東京會舘のコンソメはチキンコンソメで、その口当たりもブル・ショットというカクテルにはよく合った。冷やせばそのままジュレになるような濃厚なコンソメを酒で飲む。

ラフェンスバーガーからの注文を受け、調理場からコンソメスープが運ばれてくると、バーの中に温かな匂いが香り立つ。桝野もその芳醇な香りに何度も食欲を刺激されたものだ。このカクテルを飲む時ばかりは、ラフェンスバーガーも自分たちスタッフに笑顔を見せた。

「これは、このバーでなければ飲めない。確かにブル・ショットには違いないが、このバーのオリジナル・カクテルと呼んでもいいだろう。そんなバーのあるここのマネージャーであることを誇りに思う」

パーティーでの一件があってから、ラフェンスバーガーは、バーの長であるはずの本多や他のバーテンダーといった序列を差し置いて、まだ二十代である今井の名をよく口にするようになった。そもそも、ラフェンスバーガーに限らず、マネージャーは従業員をただ従業員として扱うだけで、これまでは個別に誰かの名を呼ぶなどということ自体がまずありえなかった。そのため、彼の口から「イマイ」と最初に聞いた時はとても驚いた。「イマイはどこだ?」「イマイならわかるはずだ」と頼りにされる今井は、〝アメリカン・クラブ・オブ・トーキョー〟のバーを、実質、仕切っているといってよかった。

本多ら先輩たちにもまた、いつの頃からか、「今井ならば仕方ない」と思っているような、そんな雰囲気が漂うようになっていた。

7

順調に運営された〝アメリカン・クラブ・オブ・トーキョー〟は、この四月から、呼び名を〝ユニオン・クラブ・オブ・トーキョー〟と改められることになった。

より多くの新しい相手のためのクラブになることを祈っての改称は、そこで働く桝野にとって、不安を抱かせるものだった。これまで以上に忙しくなるのではないか。何か勝手が違うようなことも出てくるかもしれない。アメリカ人相手の仕事にはだいぶ慣れたが、他の国のお客相手では酒の習慣もだいぶ違うかもしれない——などと、さまざまなことを考えていた。

しかし、不安以外に期待もあった。今では、雑用の他に、たまに今井と並んで酒を作らせてもらえる機会もある。たくさんの酒に囲まれて、今井と一緒にいろんな可能性を試せることが楽しかった。

そう思っていたさなか。

四月に入ってすぐに、バーで思いもよらぬことが起こった。きっかけは、〝アメリカン・クラブ〟から〝ユニオン・クラブ〟になったことに伴うものだ。

いつものように十一時半にバーを開け、マティーニをはじめとする酒を求める米兵たちの相手をしていると、そこに、いつもは見ない顔が現れた。カウンターの中で慌ただしくグラスの支度をしていた桝野は、はじめ、何が起こったかわからなかった。雑然としていたバーの客が、急に、全員そろって口を噤んだのだ。

ピリピリとした緊張感が漂う。沈黙が場を満たしたのを悟って、桝野がようやく顔を上げると、バーにいる全員の視線が入り口に吸い寄せられていた。

一人のアメリカ人が、そこに立っていた。

見た瞬間、桝野もまた、正面から強い光でかっと照らされたような衝撃を受けた。そんなことは生まれて初めてだった。

GHQのダグラス・マッカーサー元帥。

コーンパイプをくわえているのは、桝野が見たことがある終戦直後の厚木飛行場に彼が降り立った時の写真と同じだ。ただ、サングラスはしていない。桝野には、それがすぐマッカーサーだとわかったわけではなかった。ただ、誰か、とんでもない人――おそらくは偉い人が来たのだということが雰囲気でわかっただけだ。

ただごとでないことが起きたのだとわかった。

普段偉そうに煙草をふかし、酒を飲んでいる米兵――それも高級将校たちが、まるで蛇に睨まれた蛙も同然に身動きが取れず、逃げ出すことすらできずにいる。

突然現れたマッカーサーは、怒っていた。一言も発しないが、わかった。

噂では、元帥もまたカクテルが好きで、マティーニなどスタンダードなものを好むと聞いていた。しかし、この日の彼はここに酒を楽しみにきたという風はまるでなかった。

黙ったまま入ってきて、酒を注文するでもなく、ただ、手近に置かれた他人のマティーニを手に取る。冷たいブーツの靴音が、カツカツカツ、と響くのを聞くと、心臓が凍えそうだった。酒の香りを嗅ぎ、そして、無言でテーブルに戻す。すぐ側に控えた部下に短く鋭い声で何かを命じた。

その声に、さらに、バーの空気が冷え込む。全員が息を吞んだ。

マネージャーであるラフェンスバーガーがバーにやってきたのはその時だった。冷静な彼には珍しく慌てた様子で、マッカーサーの前で、折り目正しい敬礼をする。マッカーサーは無言でそれに応えた。ラフェンスバーガーの使う五階の支配人室に、そのままお付きの者とともに案内されていく。

マッカーサーのいなくなった後のバーは、彼が去っても、その日はもう空気が戻らなかった。ほっとした雰囲気が流れたのは本当に一瞬で、後は皆、言葉少なに飲みかけの飲み物を片づけ、こそこそと肩をすぼめるようにしてバーを出て行く。陽気で豪快な米兵たちには似つかわしくない態度で、その様子を見る桝野たちもいたたまれない思いがした。

この日は、〝アメリカン・クラブ〟が〝ユニオン・クラブ〟に名称変更したことに伴う、元帥のお忍びの視察であったそうだ。マネージャーにも知らされず、ふらりと立ち寄ったマッカーサーは、そこで自分の部下たちが昼間から酒を飲み、煙草をふかして談笑しているのを見て、激怒した。

「参ってしまった」と、珍しく、ラフェンスバーガーがうな垂れていた。一人きりでカウンターに座っても、その夜は、好物のブル・ショットを飲むこともなく、とても落ち込んでいるようだった。

8

そして、今日——。

今井と桝野は、ラフェンスバーガー相手に、ある勝負に出ようとしていた。煙草を買って戻った後、桝野と今井は目を合わせて頷き合う。互いに素知らぬふりをしながら準備をするうち、あっという間に開店の十一時半を迎えた。

しかし、一週間前までは昼前の食前酒を求め、殺到していた客が、今はまったくと言っていいほど姿を見せない。昼間のバーは活気を失っていた。

客が来るのは夕方以降になり、それまでは桝野たち従業員も暇を持て余すような日々が続いていた。忙しく、きつい現場であっても、閑古鳥が鳴くようになってはバーもおしまいだ。先輩のバーテンダーたちもこの様子にすっかり慣れて、出勤が普段よりも遅くなるようになっていた。

十二時を過ぎた頃、バーにラフェンスバーガーが現れた。

このところ、ラフェンスバーガーは様子を気にして、毎日必ずこの時間のバーに顔を出す。今日もアメリカ人の客の姿がないのを見て、落胆したようにため息をついた。

その彼の姿を見て、今井と桝野は再び、無言で目を合わせた。今井はゆっくりと頷く。桝野の背にも緊張が走る。

マネージャーがそのまま出て行こうとするのを見て、今井が動いた。「ミスター・ラフェンスバーガー」と声をかける。

桝野は今日、煙草とともに買い出しをしてきたものがもう一つある。――牛乳だ。

その牛乳を使って、この時間に合わせ、今井と桝野が人知れず用意した企みがあった。

「飲んでいきませんか」という今井の誘いに、ラフェンスバーガーは微かに眉をひそめた。

マッカーサーの視察以来、昼間からバーで飲むことはマネージャーという立場上、彼には御法度になった。彼が首を振りかけた隙をついて、今井が即座に「フレッシュ・ミルクを」と提案する。

「新鮮な牛乳はいかがですか？」と、ラフェンスバーガーに持ちかけた。

「モーニング・フィズと名づけたらどうかと思う」

今井からその相談を受けたのは、いつものように、皆がドーミトリーで眠るためにバーを去った後、自分たち二人だけがカウンターに残った時のことだった。

客足の遠のいたバーを憂い、今井はずっとこのことを考えていたようだった。

「試したいカクテルがあるんだが、やってみてもいいか」と桝野に呼びかけてきた。

ジン、フレッシュレモンジュース、シュガーシロップ、そしてミルク。

ジン・フィズというシェーカーで作るカクテルにミルクを入れるという考え方は、今井が随分前に、一度だけ将校たちが話すのを聞き、それを覚えていたことから実現した。

朝からこっそり酒を飲むために、ジン・フィズにミルクを入れて誤魔化したことがある……そんなたわいない会話を、今井はずっと印象深く記憶にとどめていたのだという。

深夜のバーカウンターの中で、今井が、用意した材料を力強く、素早くシェークする音が響く。桝野の前で披露するのは初めてのようだが、ひょっとすると、すでに一人で繰り返し試していたのかもしれない。ずっと一緒にいたと思っていたのに、いつの間に、と絶句する。

「レモンとミルクは凝固しやすい。この融合が難しい」

今井が言う。

「シェークがこのカクテルの命なんだ。浅ければ分離したままになるし、やりすぎると水っぽくなってしまう。手のひらが冷えたシェーカーにはりつくようになったら、そこがやめ時だ」

シェーカーの中身を、氷で冷やしたグラスに注ぎ入れ、ソーダを加えてバー・スプーンで馴染ませる。ゆっくりスプーンを抜くと気泡が上り、グラス上部になめらかな泡ができた。「飲んでみてくれ」と言われて、口をつける。

口当たりの優しい泡の向こうに、爽やかな香りと味が広がっていた。

「うまいです」

興奮とともに、桝野は言った。

白く盛り上がった泡は、見た目にも美しく、バーカウンターの上では新鮮な存在感を放っていた。

「よく思いつきましたね」

桝野の言葉に、今井がほっとしたように頬を緩めた。「ラフェンスバーガーのブル・ショットだよ」と応える。

「あの人が、あのカクテルをここのオリジナルだと言った。だったら、他にも、ここだけで飲める新しい酒があってもいいんじゃないかと、やってみる気になったんだ」


新鮮な牛乳、という言葉とともに、今井がシェークしたミルク入りのジン・フィズ——モーニング・フィズが、ラフェンスバーガーの前に置かれる。

マネージャーにこのカクテルを出すことは、本多たちにも告げていなかった。今井と桝野が、二人だけで人知れず計画してきたことだ。

今井に出されたカクテルを、ラフェンスバーガーは驚いた表情で見た。

グラスの中の盛り上がったミルクの泡と、今井の顔とを見比べる。グラスを持ち上げ、一口、飲んだ。飲み終えて一度目を瞬き、再び今井を見る。今井の表情は変わらなかった。相手に何かを押しつけるというわけでもなく、ただ黙ってカウンターの中からマネージャーを見つめ返す。

やがて、ラフェンスバーガーから、「何を入れたのか」という質問があると、「ジン・フィズにミルクを」とだけ答えた。

ジン・フィズに入れたミルクが、強いカクテルを、見た目にはミルクにしか見えなくしていた。

ラフェンスバーガーは、今井考案のモーニング・フィズを飲みながらしばらく何かを考えている様子だった。グラスの表面についた泡さえもほぼ飲み干した後で、言った。

「――もし、これを要望する客がいたら、次からは売り物として出してみてほしい」

「わかりました」

今井は頷いた。

ラフェンスバーガーの言葉通り、翌日から、ミルク入りのジン・フィズを目当てにバーにやってくる客がちらほらと出始めた。マネージャーから情報を聞いてやってきた、彼の友人たちも多くいるようだった。

見た目にはミルクにしか見えないジン・フィズは、朝と昼間の一杯として彼らに愛された。ミルクの横にはレストランから出前されたサンドウィッチが用意されるようになり、グラスもいつしか、カクテルグラスではなく、飾り気のないミルクグラスが使われるようになった。

今井がモーニング・フィズと名づけたこのカクテルを求め、バーには再び、朝から堂々と酒を楽しむ客の姿が戻ってきた。

もともと、マッカーサー直々の視察などそうそうあることではない。ひょっとしたら、このカクテルの登場を待たなくても、ほとぼりが冷めた頃には自然と客は戻ってきたのかもしれないが、それでもこのミルク入りジン・フィズは、客に愛される新しいバーの在り方を提示していた。

新米だった桝野も、今井と練習しただけあって、モーニング・フィズは多くの客から、「マスノに」と指名されて作らせてもらった。

清々(すがすが)しさが薫るこの美しいカクテルは、だから、桝野にとっても思い出深い、自分がその後バーテンダーとして生きていく上で折に触れ思い出す、特別なカクテルになった。

東京會舘のGHQによる接収は、昭和二十七年七月一日に解除された。〝アメリカン・クラブ〟、〝ユニオン・クラブ〟の時代を終えて、再び、東京會舘が日本人のもとに戻ってきたのだ。

新しく戻ってきた東京會舘は、これを機に名前を〝東京會舘〟と〝館〟の字を変えた。〝舘〟は従来の〝館〟の俗字だが、再出発することを祝う気持ちと意気込みを込めて、あえて新しい名前を使うことになったそうだ。

こうして、戦前の〝東京會舘〟は、新しい〝東京會舘〟として、六年半にわたるGHQの接収を終え、丸の内に戻ってくることになった。

嵐のような占領時代が終わり、マネージャーのラフェンスバーガーも、馴染みになった将校たちも去った後の東京會舘は、さっぱりと静かになった。

接収が解除されたことで、これからは誰に干渉されることなくバーもレストランも運営できる。それは、関係者の多くが待ち望んでいたことだった。しかし、バーのメンバーにとっては、必ずしも喜ぶべきことではなかった。

接収中のバーは、アメリカ人を相手にしていたため、酒の需要が非常に高かった。〝アメリカン・クラブ・オブ・トーキョー〟のバーは彼らから重要視され、バーテンダーという職業も、専門職として相応の敬意を払われていた。

ところが、接収を解除された東京會舘のバーは様子が違う。人員も、それまでは四十人規模の大所帯だったものが、本多や今井、桝野ら五人ほどが残るだけの小規模なものに縮小された。

今井も桝野も、これには落胆せざるをえなかった。

しかし、時代の流れとともに状況も客もめまぐるしく変わる。

一番大きな変化は、外国人の姿に交ざって、日本人の客が増えてきたことだろう。接収解除後も、しばらくは客層の中心は丸の内にある外資系の商社や航空会社に勤務する外国人だったが、それがだんだんと日本人の商社マン中心になってきた。

今井と桝野は、古株の存在として、ともに変化を遂げる會舘のバーを支え続けた。桝野が入った頃、「東京會舘時代からの先輩」として存在感を放った今井のように、桝野もまた「〝アメリカン・クラブ・オブ・トーキョー〟時代を知る先輩」と若手たちに呼ばれるようになり、それが光栄な反面、妙に面映ゆかった。

一方、今井は、働きながら、さらにカクテル作りの道を究めていく。中でもこだわったのがマティーニで、客によって作り方を絶妙に変える今井マティーニには、外国人、日本人を問わずファンが増えていった。マティーニは、〝アメリカン・クラブ・オブ・トーキョー〟の時代にも、最も人気があったカクテルだ。

今井のマティーニを求める客は、バーの入り口で足を止め、まずカウンターの中に今井の姿があるかどうかを探す。たまたま今井がいない時、桝野がその視線に気付いて「今井さんですか？」と尋ねると、客は今井がすぐに戻るのなら席に着くし、戻らないならそのまま帰ってしまう。そういう常連は他の人間がステアしたマティーニを出してもまったく口をつけないのだ。

自分が作ったマティーニでは飲んでもらえない、というのはもちろん悔しかったが、そうまでして求められる今井のマティーニには同業者として純粋に憧れがあった。今井の留守を告げた途端、立ち去る客の背中に向けて、桝野も苦笑まじりに「たまにはビールくらい飲んでいってくださいよ」とよく声をかけた。

そんな今井と桝野が別れたのは、昭和三十六年、今井が、パレスホテルのロイヤルバーに移ったことがきっかけだ。

パレスホテルは、東京會舘が中心となって別会社として作られたホテルだ。

ホテル業への進出は、東京會舘にとっては創業からの悲願だった。創業時に本館五階に宿泊設備を設けたものの、どういうわけか宿泊部門は営業許可が下りず、その後、改装して部屋を潰すことになったという経緯がある。

戦争により、日本のホテルの多くが失われた中、東京會舘は再び、ホテル業に乗り出すことになった。パレスホテルは最初は〝ホテルテート〟という名で運営されたが、後に皇居のお濠に面していることから、名前をパレスホテルと改めた。

今井は、このパレスホテルの開業に伴って、「チーフ・バーテンダーとしてぜひ来てほしい」と引き抜かれた。東京會舘には、そうしたスタッフが他にも多く出た。役員やレストランの料理長までもが、こぞって東京會舘からパレスホテルに移っていった。

東京會舘とは経営面で親戚筋にあたるとはいえ、パレスホテルはあくまで別の会社であり、別の建物だ。これまでずっと一緒に働いてきた仲間の多くがそこに取られてしまうというのは桝野にも大変ショックだった。

しかし、今井の場合、給与条件などがよかったという理由もあるだろうけれど、そう決めた一番の要因は、新しいバーを自分の形で設計からかかわって築けるということにあったようだ。そのあたりは、いかにもバーとカクテルを愛する今井らしい決断だった。

今井がパレスホテルに移る時、桝野は、彼に「一緒に来ないか」と誘われた。

尊敬する先輩からの誘いに、心は揺れた。悩みに悩み、しかし、結局は東京會舘のバーに残ることに決めた。

「今井さんがいたら、いつまで経っても俺はトップになれない。今井さんがいなくなって、これでようやく俺にも會舘でバーコートが着られる機会が回ってきますよ」

桝野の軽口に今井はきょとんとした顔をした後で、少しばかり寂しそうに笑い、「そうか」と頷いた。

「おまえのそういう口がうまいところはバーテンダーとしても絶対に武器になるよ。桝野の明るさにはオレもこれまでだいぶ救われたな」

「今井さん」

「ん？」

「これまで、本当にお世話になりました。ありがとうございました」

面と向かって礼を言うと、今井が一瞬驚きを顔に浮かべた。しかしすぐ、照れくさそうに目を逸らす。「なんだ、あらたまって」と苦笑してから再び桝野を見つめる。そして言った。

「こちらこそ、今日までありがとう。桝野と働くのは、本当に楽しかった」

今井は酒作りの天才だ。その天才の仕事を間近に見られたからこそ、桝野は自分の才能の限界を知ったし、ならば、自分に何ができるのかを考えることができた。會舘のバーの伝統、そこで働いた偉大な先輩の業（わざ）を知る者として、生涯この場所を今井に代わって守ろうと決めた。

パレスホテルに移った後の今井は、ミスター・マティーニの異名を取り、多くのカクテルファンから、「客の舌を盗むバーテンダー」と呼ばれた。その評判を聞きながら、桝野は今井ならば当然だろう、と思っていた。接収時代のあの頃から、今井は、客が何を必要とするのか、そのために何をすればいいのかをとことん考え抜く人だったからだ。

今井の名づけたモーニング・フィズは、そう呼ぶ者もいたが、やがて、いつの頃からか〝會舘風ジン・フィズ〟と呼ばれるようになった。會舘とはもちろん、東京會舘のことであり、ここのオリジナルのカクテルとして、接収解除後のバーでも広く受け入れられた存在として残った。略して〝會舘フィズ〟とも呼ばれる。

このカクテルをオーダーされるたび、桝野はいつも、あの頃に思いを馳せる。強いお酒を、ミルクグラスで、サンドウィッチと一緒に。

そんな軽やかな時間の楽しみ方が、東京會舘のバーでは大事にされてきたのだということを再確認する。朝の眩しい光の中で、會舘フィズで喉を潤す人たちの姿を、このバーは慈しみ、見守ってきた。

後に、横浜のホテルにあるバーに勤めていたバーテンダーから、興味深い話を聞いた。彼によれば、なんでもミルク入りのジン・フィズは、あの時期の横浜でも客の要望に応じてよく作られていたということだった。

「米兵の間で流行していたんでしょうか」と彼は言ったが、桝野には、それが単なる流行だとは思えなかった。

アメリカ人のマネージャーから信頼され、彼を信頼した日本人バーテンダーが、その関係性の中で、相手の望むものを実現したカクテル。

會舘フィズという大らかなカクテルの存在は、あの時代の象徴だ。

會舘の中で桝野が目撃したのと同じ、そんな奇跡のような瞬間が、おそらく、離れた場所でも、きっと、あちこちで偶然に起きていた。そんなふうには、考えられないだろうか。

GHQの将校クラブとしての〝アメリカン・クラブ・オブ・トーキョー〟の日々は、多忙で、過酷だった。

しかし、それでも桝野はあの時代のバーが好きだったのだと、今になれば認められる。つらいことが多くても、酒と煙草の匂いのするバーには、常にどこかアメリカ文化が爽やかな風のように吹き抜けていた。

今、真っ白いトップの証――バーコートを着られる身分になっても、桝野はよくあの頃のバーを振り返る。

さまざまな人に、望む通りのカクテルを提供し続けた今井清は、日本の酒事情を大きく塗り替え、歴史を先に進めながらも、本人は下戸で、まったく酒が飲めなかった。

「自分が好きな酒というものがないから、だから、客のどんな要求にも応えられる」と笑っていたことがあった。

その彼から、「飲んでみてくれ」と、モーニング・フィズを差し出された時、桝野の心は震えた。彼の緊張した顔の前で、最初の味をみる役目をもらったことは、自分の、若き日の誇りだ。

カウンターの中で、口に含んだ酒をすぐに出し、くり返し練習を重ねる偉大な先輩の、美しい會舘ステアとリズミカルなシェーカーの音を、桝野は、今も昨日のことのように思い出せる。

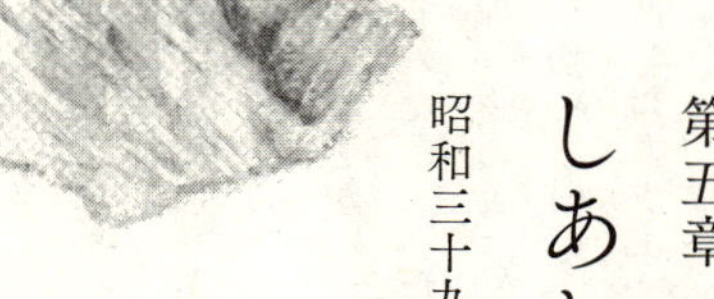

第五章

しあわせな味の記憶

昭和三十九年（一九六四年）十二月二十日

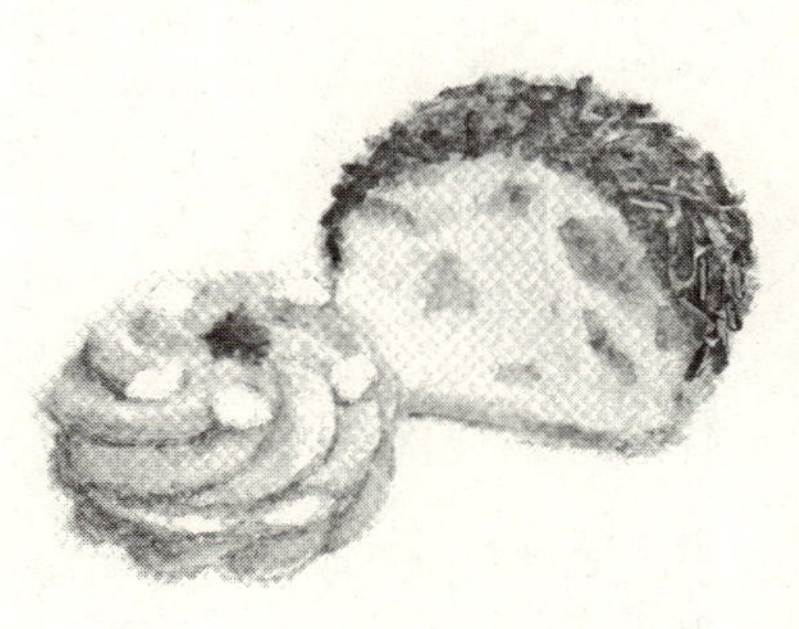

1

「勝目(かつめ)さんじゃありませんか」

久しぶりにやってきた東京會舘の、レストラン「イル・ド・フランス」を出たところでそう声をかけられ、勝目清鷹(きよたか)は振り返る。ちょうど会食の相手と別れ、もう帰ろうとしていたところだった。

振り返ると、知った顔が立っていた。東京會舘のメイン・バーでチーフ・バーテンダーを務める桝野が白いバーコート姿で自分の方に駆け寄ってくる。

勝目は「ああ」と目を細めた。

「桝野くんか」

「どうしたんですか。いやあ、お久しぶりです。お食事でも？」

「まあね」

一緒に食事をした友人の夫婦がボストンバッグを片手に玄関のフロアを抜けていく。玄関係に頼んで車を止めてもらっているところのようで、夫人の方が勝目を振り返り、ぺこりと会釈をした。

それを見て、桝野が「ご友人ですか」と尋ねる。勝目は肩をすくめた。

「知り合いの夫婦が静岡から上京してきていてね。ぜひ、東京會舘で食事をというのでつきあった。私が勤めていたのを知っていてね」

「勤めてたも何も……」

桝野が言う。視線の先にいる夫人が、東京會舘の印が入った紙袋を提げているのが見えたのか、微笑んだ。

「勝目さんと東京會舘で食事をするなんて贅沢だな。デザートの解説でも聞けたらもっといい。――その分、シェフやベーカーたちは相当プレッシャーがかかって大変でしょうけど」

「ふん」

そんないいものではないだろうが、と勝目は鼻を鳴らす。実際に解説して食事などすれば、相手にはさぞ煙たがられるだろう。

勝目は、東京會舘で初代製菓部長を務めた。

現在は退職したものの、それでも製菓業界のさまざまな団体で理事などの役職を拝命し、毎日、あちこちの会合に呼ばれる。会合場所は東京會舘であることも多いが、こんなふうに個人的に食事に来ることは最近では珍しかった。

厨房で、調理人たちがシェフと呼ばれるのに対し、勝目のような菓子やデザートの職人たちはベーカーと呼ばれる。明治三十三年生まれの勝目は、帝国ホテル、大阪倶楽部を経て、大正十三年、帝国ホテルの元菓子係責任者であった師の店に入り、そこでベーカーとしての修業を積んだ。

その当時に任せてもらったデコレーションをはじめとする技術を評価してもらい、東京會館に呼ばれたのが昭和二年のこと。戦後は、GHQに接収されていた本館ではなく、帝国劇場の脇で運営されていた東京會館別館に勤めていたが、接収が解除されてからは、本館に戻り、新体制の〝東京會館〟で製菓部長に任命された。

桝野は、新体制の東京會館で初めて顔を合わせたバーテンダーだった。GHQ接収時代からここのバーに勤めているそうで、同じ建物で仕事をするうちに向こうから声をかけてきた。最初は馴れ馴れしい男だ、という印象だったが、強面（こわもて）と呼ばれる自分に人懐こく話しかけてくる様子はどうも憎めず、自然と言葉を交わすようになった。

彼が、チーフ・バーテンダーの証である白いバーコートを着る身分になったのは、勝目が六十を過ぎ、會館を去ってからのことだ。その姿を見るたびに「偉くなったものだ」と思う。同時に、自分が年を取るわけだ、とも。

接収が解除され、東京會館が再び丸の内に元の形で戻ってきた時、出会ったばかりの桝野はまだ二十代で、先輩のバーテンダーに仕える若造という印象だった。しかし、それから十年以上も経った今、四十代になろうという桝野にはバーを仕切る貫禄のようなものが漂い始めている。

そして、自分がいた頃と比べ、東京會舘はまた少し装いを変えた。

勝目は首を横に振る。

「シェフやベーカーたちも腕を上げたよ。私風情がどうこう意見をする、ということもない。『イル・ド・フランス』からは私が学ぶこともまだ多そうだ。一度、個人的に来たいと思っていた」

「オリンピックの際にはいらっしゃらなかったんですか」

「招かれたから来たことは来たが、ゆっくりはできなかったな。とても料理を味わっているような時間はなかった。開催中は恐ろしいほどの混みようだったし、今になってようやくといったところだ。人にこうやってせがまれなければ来ることもなかったかもしれない」

勝目が今日の食事場所として知り合いの夫婦から「ぜひ」と望まれた「イル・ド・フランス」は、勝目が東京會舘にいた頃にはなかった特別なレストランだ。

今年――昭和三十九年十月十日。待望の東京オリンピックが開催された。

連日テレビやラジオで流れる選手たちの活躍の様子は、勝目の周りをはじめ、日本を熱狂させたものだ。

東京會舘に今ある「イル・ド・フランス」は、その東京オリンピックを契機として、フランス政府が日本にやってくる多くの外国人に〝ほんとうのフランス料理〟を提供することを計画し、設置したレストランだ。

在日フランス大使館や航空会社のエールフランスの協力のもと、フランス政府の支援を受けて、材料が毎日本場フランスから空輸されている。内装もこのために来日したフランスのインテリアデザイナーがわざわざ手掛けた。

レストラン入り口に張り出した緑色の庇とカーテン。庇の屋根には、店名である「ILE DE FRANCE」の文字が入り、カーテンと屋根に入った白い縁取りが、いかにも話で聞くフランスの街角のような雰囲気があった。あたたかみを感じさせる臙脂(えんじ)色の絨毯に、ストライプ柄の椅子。椅子のストライプは、赤と緑という暖色系と、水色と緑という爽やかな寒色系のものの二種で、それがバランスよく各テーブルに配置されている。

調理長を務めるのは、フランスで料理の魔術師と呼ばれるレーモン・オリヴェール。フランスの国宝的存在と言われる調理師であり、〝料理大使〟として各国に料理による文化交流の輪を広げてきた人だ。フランスの国営テレビに料理番組を持ち、本国での人気も高い。

来日の際には、勝目も挨拶に出向いた。

ホテルやレストランで、その店の格が問われるのには、三つの料理があると言われる。

コンソメスープ、スモークサーモン、アイスクリームがそれだ。大正時代の創業以来使っている會舘のイタリア製のアイスクリーム製造機を見たオリヴェールが、その状態を「見事だ」と言ったと聞いて、勝目も誇らしく思った。

「イル・ド・フランス」のオープンは、東京オリンピックが開催される一ヶ月前の九月四日からの三ヶ月間。

大変な人気で、開業中には多くの賓客が店を訪れた。

オリンピックが終わり、十二月に入ってもその盛況ぶりは続き、今は、東京會舘側からの強い求めに応じて、期間を延長して営業している状態だ。

レーモン・オリヴェールは帰国してしまったが、東京會舘に以前からいる料理人の多くが、このレストランを手伝ったことで多くのことを学んだ。太平洋戦争を受け、しばらくはフランスとの交流がなかっただけに、本場パリの最新の料理法やサービスマナーを日本に居ながらにして目の当たりにできたことは、大いなる刺激になったことだろう。それは、今日出てきた料理と、それをサーブするウエイターたちの態度や表情にもはっきりと感じられたことだった。

まったく、オリンピックの置き土産はすごい。

スポーツによる熱狂、ということ以上のものをこの東京に残していった。

今、東京會舘の建物の中に立って、勝目は不思議な気持ちになる。大正十一年の開業以来、この建物はいろんな事情を全部のみ込んで今の形になったような気がする。

戦後、進駐軍の接収時代にはアメリカ式のマナーや思想を学び、今回のオリンピックでは正統派のフランス料理の技術やサービスマナーが従業員の経験として蓄積していく。戦争を知る身には、料理を通じての文化交流ができるまでの時代になったことが感慨深かった。

引退した今、「イル・ド・フランス」の厨房を手伝えないことが、正直に言えば勝目は少々残念でもある。自分が作ってきた菓子やデザートに絶対の自信があっても、まだまだ学べることはあったはずだという気持ちが残っている。

そんなことを考えながら、「イル・ド・フランス」の入り口を振り返る勝目の横で、桝野が「確かに」と頷いた。

「オリンピックを契機に、うちのフランス料理はさらに親しまれるようになった気がしますね。――もちろんお土産のお菓子類もそうですけど」

「ふん」

気を遣わなくてよい、という気持ちで勝目がまたも鼻を鳴らすと、桝野が思いがけず大真面目な顔で、「本当ですよ」と答えた。

「料理を食べるためではなくて、お菓子だけを求めてやってくるお客さんは結構います」

「そうか」

話しているうちに、勝目の友人夫婦のもとに車が来たようだ。夫の方が「では、勝目さん。また！」と手を挙げる。その横で頭を下げる夫人の手には、東京會舘のガトーと呼ばれる菓子の箱が入った袋がある。

それと入れ違いに、今度は別の夫婦が玄関係に扉を開けられて、中に入ってきた。勝目の友人夫婦よりずっと若い二人は、旦那の方はまっすぐ前を向いていたが、妻の方がどこかそわそわと視線が落ち着かない。東京會舘の建物の中を、一歩入ったところから仰ぐように見て、玄関の大理石の前で足を止める。モダンなワンピースに帽子。手に重たげなボストンバッグを持っているところを見ると、旅行客かもしれない。

夫の方が一歩先を歩き、玄関フロアから続く階段を上がったところで、低い声で「早くしなさい」と妻を呼んだ。それに、妻が緊張した面持ちで「はい」と答えている。

その様子を見ながら、桝野は微笑んだ。

「オリンピック以降は、ご旅行のお客様が立ち寄ることも増えましたね。お食事かな」

「ああ」

「どうですか、勝目さん。たまにはバーにも」

「そうだな」

返事をして、桝野とともに歩き出す。そのとき、ふと桝野が言った。

「勝目さんのご友人は、お泊まりはパレスホテルですか。それとも帝国ホテル?」

東京會舘とゆかりの深い二つのホテルの名前を聞いて、思わず勝目も足が止まる。桝野に他意はないつもりなのだろうが、パレスホテルの名を聞くと、未だに胸に一抹、複雑なものが入り混じる。

勝目は答えた。

「パレスホテルだそうだ」

「そうですか」

「……あの頃を思うと、本当によくぞここまで東京會舘は頑張った、と思うよな」

勝目がそこまではっきりと言うとは思わなかったのかもしれない。桝野が一瞬驚いた表情を浮かべた。しかしすぐにその顔がにやりとした人の悪い笑みに変わる。

「それこそ、勝目さんの功績が大きいでしょう。僕らはありがたい、と感謝していますす」

「また、君はすぐにそういうことを」

バーテンダーは口がうまい。中でも、接収時代からのあれこれを乗り切ってきた桝野は酒を作るよりも、その社交性でまずお客様の心をつかむようなところがあった。

パレスホテルは、東京會舘の関連会社として設立を目指したホテルだった。しかし、紆余曲折あって結局は、東京會舘とは別の会社としてスタートした。パレスホテルの設立自体は快挙であり、おめでたいことだ。東京會舘のお客様にとっても宿泊の場所として需要がある。

しかし、東京會舘の親戚筋でありながら、パレスホテルが別会社となったことの経緯は、東京會舘を強く足元から揺さぶった。まだ、三年前のことだ。多くの従業員が東京會舘を辞め、大挙してパレスホテルに移った。戦前から「東京會舘の味」を支えてきた料理長の田中徳三郎をはじめ、現場の中枢とも言える幹部クラスがごっそりとパレスホテルの営業部門やバー、レストランに移っていった。

桝野を育て、東京會舘のバーを長く守ってきた今井清もその一人だ。桝野も彼に移るように誘われたというが、「今井さんがいなくなれば、ようやく俺にもバーコートを着られる機会が回ってくる」と、それを断ったと聞いていた。

勝目はちょうどその年に、東京會舘を退職することになっていた。実を言えば、パレスホテルからは誘いがないわけではなかった。引退を返上して新しい職場で働く、というのは勝目にとっても魅力的な誘いではあったが、結局は当初の予定通り退職の道を選んだ。菓子の仕事でできることはすべてやった。會舘でも自由にやらせてもらった。今、勝目の胸に悔いはない。

パレスホテルに移った者たちの気持ちと、残留部隊の社員たちの苦労。その両方が勝目にはわかる。社員の移動というだけではなく、田中料理長の味や今井の作る酒についていた顧客の多くも會舘からパレスホテルの方へ奪われた。

そうした複雑な状況の中、東京會舘でも新たな若手の育成が始まり、特に料理は「イル・ド・フランス」という本場のレストランを迎えたことによって、より本格的な東京會舘の味が新たに築かれつつある。また、東京オリンピックを契機に、ようやく社員同士の気持ちの壁が取り除かれ、會舘で食事をした人たちがパレスホテルに泊まる、というよい流れが整ってきつつあった。

――そして、パレスホテルの設立に伴い大打撃を受けた東京會舘の中で、唯一、影響を受けず順調に推移した、と言われるのが、勝目のいた製菓部門だった。

桝野が言う「勝目の功績」とはこのことだ。そして、勝目自身は、その評判を柄ではない、と正面切って誰かに触れられることを微かに疎ましく思ってきた。

桝野に誘われるまま、メイン・バーに入ると、すでに先客が何人もいた。カウンターの隅に座ると、桝野がすぐに「いつものものでいいですか」と尋ねてくる。来るのは久しぶりだが、勝目が何を好むのかを覚えているのだろう。今井がいた時にはとびきりドライな彼のマティーニを。桝野には、〝會舘フィズ〟と呼ばれるミルク入りのジン・フィズを頼む。

桝野の手がリズミカルにシェーカーを振る、その音を聞きながら、勝目は目を閉じた。

――これは一大事業になる、と社長に呼び出された、製菓部門の長だった頃のことを思い出す。

「勝目さんにこちらをお出しするのは僭越な気もしますが、これでいいでしょうか」

シェーカーの音が終わり、桝野の声に目を開けると、目の前にきめ細かな泡を浮かべた會舘フィズと、ガラスの皿に盛られたチーズパイ――〝パピヨン〟が置かれていた。

それを見て、勝目は「ああ」と頷いた。久々に見る、蝶のような形にねじられた自分のパイ。数年前まで、毎日飽きるほど見ていたパイだったのに、久しぶりに目にすると懐かしい気持ちになった。

相手は人ではないのに、「元気だったか」「大事にしてもらっていたか」と、問いかけたい気持ちになる。もちろん、このパイそのものは勝目がこの手で焼いたものではない。しかし、パイのレシピを會舘に残し、その味が変わることが絶対にないよう、分量や工法のひとつひとつにうるさいほど口を挟んでいったのは勝目だ。

「ありがとう」

勝目は応えた。ミルクグラスに入れられた會舘フィズを一口飲むと、唇の上に口ひげのような泡がつく。それを右手で拭いながら、パピヨンを一つ手に取った。蝶の形のようにねじったパイだから、パピヨン。東京會舘の菓子は、そのほとんどすべての名づけを勝目が行った。

「思えば、桝野くんと話した最初のきっかけがパピヨンだったな。声をかけてもらって」

「はい」

桝野が頷いた。カウンターの中から、人好きのする笑みで応える。

「今考えると、我ながら、よく話しかけたもんだって思いますよ。製菓部長の勝目さんは、怖い人だっていう噂だったから」

「そうか」

「ええ。だけど、それでも一言、お礼を伝えたかったんです」

パピヨンが作られてすぐの頃、會舘でたまたま顔を合わせた桝野に呼び止められたのだ。厨房の料理のことで当時の事業部長たちと打ち合わせをしている勝目に、「勝目さんですか」と唐突に声をかけてきた。

「勝目さんが作られたあれ、すごくおいしいです。蝶の形のパピヨン。評判がいいです」

当時、勝目は自分で言うのもおかしいが、若手たちから「鬼」と恐れられていたベーカーだった。指導が厳しく、妥協がない。できるまでやらせるし、わかるまで帰らせない。菓子やクリームの甘い匂いの漂う東京會舘の厨房や工場で、甘さとはほど遠い勝目の怒声がいつも場を凍らせていた。

そんな勝目に話しかけてきた若手バーテンダーを、その場にいた事業部長たちは肝を冷やして見つめていたらしい。しかし、勝目には、その率直で気取りのない言葉はむしろ新鮮に響いた。

「どういうふうに」と、桝野に尋ねた。

パピヨンは、チーズのパイをねじり、そこにスパイスを利かせた甘くない菓子だ。子供よりは大人がレストランで前菜とともに口にしたり、酒のつまみとして楽しむような、そんな存在になってくれればいい、と確かに思った。しかし、それを會舘のバーで本当に出しているとは聞いていなかった。

勝目の問いかけを受けて、桝野は無邪気に喜んでいた。相変わらず臆するところのない物言いで「全部、空になりますから」と答えたのだ。

「おつまみにピーナッツなんかを出してもよく余ってしまったりしますけど、パピヨンは皆様、全部空にして帰られます。そのまま帰りに売店で買っていく人もかなりいますよ」

戦後の會舘のバーには、さまざまな客が出入りするようになった。

ある大企業の会長などは、東京會舘のバーを気に入り、朝十一時半の開店を待たずして、八時頃には會舘を訪れ、通用口の警備員に「よお」と挨拶して朗らかに中に入り、驚く厨房の若手料理人たちに「お構いなく」と挨拶して勝手にワインやビールを出して飲んでいた。十時を過ぎてやってきた桝野たち従業員にカウンター席から「遅い！」と文句をつけて迎えた、という逸話も残っている。

厨房と関係の近いバーに、會舘のフランス料理でさえ、注文を受ければ配達される。それどころか、客の要望に応えて、「サンマが食べたい」と言われれば焼き、何か適当なものを、という漠とした求めにも応じて、これまでいろんなものを供してきた。

レストランもバーも、客のわがままを聞いてこそ愛される存在でいられる、というのが、東京會舘には大らかな空気としてある。格式高い場所だ、と言われながらも、戦後になって、その特徴はさらに顕著になったと言える。

そんな自由さに溢れた會舘のバーで、自分が考案したチーズパイが愛されている。勝目には、嬉しい事実だった。

2

「これは一大事業になる」

勝目が社長や事業部長に呼び出され、その事業の打診を受けたのは昭和三十年十月のことだった。

東京會舘の丸の内本館は、昭和二十七年にGHQによる接収が解除されてから、順調に営業を再開していた。

そんな中で、勝目の勤務する調理部には二つ、これまでとはまったく異なる新しい事業を開始することが通知された。

一つは、「東京會舘クッキングスクール」の開校。

これは、本格的なフランス料理を教える学校で、講師陣にはすべて現場のスタッフが立つ。勝目もまた副教頭を命ぜられて、やってくる良家の奥さん、娘さんといった生徒たちに菓子作りを直接教えることとなった。

そして、もう一つの事業というのが、勝目には難題となった。社長の言う「一大事業」だ。

それは、〝持ち帰りのできる、お土産用の箱菓子の製造〟というものだった。

本格的なフランス風のクッキーを、家に持ち帰れる形で作れ、というのが、会社からの要求だった。

「それはできない。無理だ」

当時の事業部長、田中康二（たなかこうじ）からの依頼に、勝目は即座に首を振った。忙しいさなかにわざわざ役員室に呼びだされ、何かと思えばそんな無茶なことか、と腹を立てていた。

そばにいる社長は、その声に「無理か」と尋ね返す。勝目は頷いた。

「申し訳ないですが、協力はできません」

「どうして。勝目さんならできるでしょう。いや、勝目さんにできなければ、この国の他の人たちには全員無理だということになる。何しろ、勝目さんは、日本洋菓子界一の人だって言われてるんだから」

応接セットの向かいのソファに座り、身を乗り出して食い下がる事業部長の田中は、本心からそう言っているようだった。何も勝目にお世辞を使って説得しようというわけではなく、断られるとは露ほども思っていなかった焦りが言わせたようだった。

それでも勝目にはむっとくる言葉だった。誇りを持ってやってきたベーカーの仕事を軽んじられたように思った。

「だからこそ、だよ。悪いが、田中さん。あなたは洋菓子のことを本当に何にもわかっていない。私が作ってきた洋菓子は、あくまでデザートであって店売りの菓子じゃない。根本的に違うものだ。私に缶や箱入りの菓子は作れない」

「どうしてですか」

「どうしたもこうしたもないよ。無理なものは無理だ」

事業部長といっても、田中は勝目より二十以上も年下の若い部長だった。じろりと一睨みすればそれで黙ってしまいそうな、いかにも職人の苦労を知らない事務職の人間といった風貌だ。黒縁のメガネに痩せた体をしている。

一方、菓子作りには体力がいる。何時間ものクリームのホイップや、重たい素材の扱いで鍛えた勝目の太い腕と体に圧倒された様子の田中は、しかし、それでもこの時、意外なことに譲らなかった。さらに言う。

「それじゃあ、納得できません。勝目さんの仰る通り、私は洋菓子の素人です。だったら、理由をわかる形で説明してもらえないと納得できない。箱菓子には必ず需要があります。たとえば、今、泉屋のクッキーがすごい人気でしょう。あんなふうに愛されるお菓子がうちでもできたら、それはきっと人気が出ますよ。私は勝目さんに作ってもらいたい。レストランのデザートでも、実際、クッキーは焼いて出していることがあるじゃないですか」

普段は、事業部と勝目が何かを直接やり取りするということはほとんどない。顔を合わせる上層部を含んだ会議でもこれまでほとんど存在感を感じさせない男だったはずなのに、田中はいつになく強情だった。

戦後の復興期で料亭が賑わうとともに、そこに土産用として置かれた泉屋のクッキーが人気を集めていることは勝目も知っていた。

勝目は黙って、役員室の壁にかかった時計を見る。

東京會舘では、その日も大型の宴会が予定されていた。宴会以外にも、館内のレストランやティーサロン、バーにいたるまで、會舘内で供されるデザートはすべてが勝目たちの手によるものだ。厨房に戻ってすぐにでも準備を再開したいところだった。

無視して出て行ってしまってもよかったが、田中はなおも食い下がりそうだ。ため息とともに、勝目は答えた。

「バターの量が違う」

「バター？」

「持ち帰りができるクッキーは、その大部分が固い、ハードタイプだ。形が崩れないようにバターの量よりは小麦粉を多めにして焼いている。だから家に帰っても崩れないし、たとえ、機械で作っても多少の乱暴さにも耐えられるだろう。量産できるかもしれないが、私たちが焼いているクッキーは柔らかいソフトタイプで、そうはできない。粉の配分に対して、約七〇パーセントのフレッシュバターでできている」

田中が黙った。勝目はその彼をさらに睨む。

「このバターの比率は私としても譲れない。風味が落ちるし、口当たりも損なわれる。だから量産には向かない。その上、バターは酸化もする。粉を多くすれば菓子は固まるが、それは私の菓子ではない。外に出す菓子はそもそも専門外なんだ」

「しかし……婚礼の際、うちのウエディングケーキは持ち帰りができています」

田中の声は、たどたどしく細かったが、怯（ひる）まなかった。厨房で若手から恐れられてきた勝目は、その態度に場違いにも感心する。俺が怖くないのか、と少しばかりこの細面の事業部長を見直す。

しかし、それとこれとは話が別だ。

「あれこそ無理だ」と、勝目は答えた。

東京會舘には、勝目が考案したウエディングケーキのレシピがある。

豪華なケーキは結婚式の目玉のひとつだ。近頃は、一部だけを食べられるようにしてあとは偽の素材でかさましをしたケーキも珍しくないが、東京會舘のものは、本体からデコレーションまで、すべてが食べられる本物の三段ケーキだ。

保存ができるようにこだわったため、披露宴会場で切り分けてお客様にお持ち帰りいただくのがならわしだ。確かに、家庭でも食べられるように作ってある。勝目のアイデアで、保存に向かない生クリームは使用せず、ホワイトチョコで全体をコーティングした。

「あのウエディングケーキを作るのにどれだけの手間がかかると思っているんだ。あのケーキの保存が利くのは、それこそ半年以上ナッツやフルーツをブランデーに漬け込んでいるからこそだ。そのうえ二週間眠らせて、ケーキ自体を熟成させて初めて送り出せる。こんなに量産に向かない洋菓子はないよ」

専用の保存室で二週間ケーキを熟成させるこの作業を、勝目は〝眠る〟という言葉で表現してきた。結婚式という一大イベントのためだからこそできる、長い眠りが必要な菓子なのだ。

そのため、あのケーキは重量も相当なものだ。ケーキカットでは、新郎新婦はボーイに手伝ってもらってようやくナイフが入れられる。それぐらい固く作られている。

「……でも、同じようにすれば、少なくとも、日保(ひも)ちのするお菓子を作ることはできる。その技術を、勝目さんは持っているわけですね」

今度は勝目が黙った。自分の持っている技術について、容易にこの門外漢の事業部長に知ったような口をきいてほしくなかった。不快感を露わに、いよいよ場を後にしようとする勝目に、思いがけず、その時、田中が微笑んだ。「私は」と続ける。

「私は、勝目さんのそういうこだわりが好きなんです。その、ケーキを眠らせる、という言葉遣いひとつ取ってもそうです。初めて聞いたときには感動しました。なんて繊細な表現でお菓子を語るんだろうって。矛盾するかもしれないですが、そういうこだわりを持つ勝目さんのお菓子だからこそ、もっと多くの人が食べられればいいと思っています」

「協力はしないよ。こちらも忙しい」

勝目が言うと、田中は残念そうに肩を落とした。

「どうしてもダメか」

今度は社長が言う。勝目は同じ言葉を繰り返した。

「申し訳ないですが」

「返事はすぐにとは言わない。考えてみてほしい。田中くんも言ったが、東京會舘の名を冠して発売する以上、勝目さん以外に作れる人はいないと考えている」

「……何度言われても、どれだけ待たれても無理ですよ。失礼します」

会社としての事情はどうかわからないが、こちらとしても職人の誇りと意地がある。勝目は答え、役員室を後にした。

3

家を出た瞬間から、ベーカーの仕事は始まる。

気温、湿度、風。天候を体で感じ取り、晴れの日、雨の日、その日の天候で自分が何をすれば最高の菓子ができるかを考える。

「おはよう」

朝の厨房に入っていくと、そこではすでにたくさんのベーカーたちが作業をしていた。

「おはようございます」

「おはようございます、勝目さん」

部長、勝目さん、チーフ、呼び方はさまざまだ。製菓部が會舘の「部」に昇格したのは最近で、それまでの「製菓係」時代の癖で「係長」と呼ばれることもまだある。デザートのデコレーションをするその横では、パン作りも始まっていた。パンの職人たちもまた製菓部に属し、自分たちと同じベーカーという名で呼ばれる。

製菓部製パン長の小沼が、部下とともに生地をこねている。

手が空いている若手たちは勝目の姿に居住まいをただし、あわてて「おはようございます」と礼をするが、小沼は勝目の存在に気付いてはいても、黙々と手を動かし続けている。真剣な眼差しで生地に向き合っていた。

小沼はまだ三十代で、他の若手たちと見た目にはそう変わらないが、その仕事ぶりを気に入って、製パン長を任せている。

東京會舘では、昭和二十九年からお濠に面した通り沿いにコーヒーショップを設け、そこでレストランで出しているのと同じデザートやパンを販売するようになった。デザートとパンには通じるところも多く、勝目も會舘のパン職人たちと話をするのが好きだ。気候を考えて作る、という点では、パンはデザート以上に職人の勘が大事にされるかもしれない。菓子ならば空気をどれだけ生地に含ませるかを要求されるのに対し、パンはイーストをどう生地になじませていくかが問われる。おっかなびっくりやっていては追いつかない技術だ。菓子もそうだが、たとえ同じ素材を使うのであっても、その日の状況に合わせて常温なのか、温めて使うのかということまで毎日違う。

毎日同じパンや菓子を作ることは、計算されたレシピではまずできない。

東京會舘のパンは、大正の創業以来、料理のために生まれたパンであり、その頃からパンという食文化を一緒に、大切に育んできた。パン作りは繊細だ。分量が一グラム違うだけで別物になるし、同じおいしさを作るために毎日違う作業が要求される。その日の気温や湿度に応じてどのような調整をするか、水の温度、発酵時間、焼き加減など、すべてを粉の状態から職人たちが自分の経験で判断する。

そうやって作られるパンは、種類も多い。創業当時からの味を守るフランスパン、海外の国賓からも愛され、その味に定評のあるバターロール、表面のひび割れがおいしさのバロメーターだというダッチローフ、大人気のカレーパン。

職人がこだわり、密度の濃い味の深みを追求するそれは、さながら〝パンという料理〟と呼ぶにふさわしい。

デザートもパンも正直だ。まっすぐ向き合っているかどうかは、できあがったものの中に如実に表れる。まるでこちらが試されているようだと感じたことがいくらもある。この仕事を続ける限り、自分自身の感覚が常に試されているのだと感じる。

一度厨房に出て朝の仕込みを指導し、束の間の休憩時間を控室で過ごしていると、製菓部の中堅の部下から、「勝目さん、聞きましたよ。土産用の菓子の話」と声をかけられた。

「ああ」と勝目も頷く。

「もう聞いたか」

部下は呆れたように肩をすくめた。

「勝目さんがお断りになったって聞いて安心しました。あんな、店用の菓子なんてね。何も持ち帰り用の菓子をわざわざ作って安売りすることはないですよ。お客様はここにしかないものを求めてやってきてくださるんだから」

部下の声に、勝目は無言で頷く。顔には出さないが、自分より経験もずっと浅い部下からそう言われることに複雑な気持ちもあった。

勝目が断ったのは何も、「店用の菓子なんて」と、それを低く見るような気持ちからではない。ただ物理的に見て量産することが考えられないからだ。

しかし、無理もないのかもしれない。帝国ホテルに勤めていた頃から、勝目は、「宴会に出るババロアやパルフェ、シャルロットなどの菓子こそが〝本当の洋菓子〟だ」、と言い続けてきた。

するとそこに製パン長の小沼が現れた。

「おはようございます」

朝は作業中で目さえ合わせなかった。

ぶっきらぼうで、時にはぼんやりしているようにさえ見える、朴念仁を絵に描いたような男だが、それだけ小沼は真面目だった。ぺらぺらと口がうまいだけの者たちよりもよほど信頼できる。

コーヒーショップが開店する前の今の時間、その小沼が手を止めてわざわざ勝目に挨拶するために抜けてくるなどということは普段はまずないことだった。一体どうしたのか、と目を向けると、彼がこう話しかけてきた。

「後で、少々お話をしてもいいでしょうか」

「今でもいいよ、なんだ」

勝目が言うと、小沼は少々戸惑ったようだった。横にいる勝目の部下の存在も気になるのか、困っている様子なのを見て、「言ってみろ」とさらに促すと、口下手な小沼が、ようやく伏し目がちに訥々と話し始めた。

「……持ち帰り用の菓子のこと、聞きました。勝目さんが開発をお願いされているって」

「ああ」

またその話か、断ったのだからそれでいいだろう――と辟易する勝目の前で、小沼が躊躇いがちに言った。「やってみたら、いかがでしょうか」と。

「私のようなものが差し出がましいことを言いますけど、勝目さんならできると思います」

勝目の部下が、えぇ、と声にならない声を出し、眉間に皺を寄せて勝目を見た。勝目も驚いていた。部下の方は見ずに、小沼に応える。

「できるできないという問題じゃないんだよ。なんだ、誰に聞いた？　田中事業部長か？　説得してくれって頼まれたんだろう」

勝目が呆れがちに言うと、小沼が意外にも首を振った。

「違います」

彼は、ようやく勝目の顔をまともに見た。

「聞いたのは確かに田中さんからですが、今のは私の本心です。勝目さんが作る土産用のお菓子が、コーヒーショップで売るパンの横に並んだらすごくいいと思って」

言ってから、やはりぽつりと「勝目さんは嫌かもしれないですけど」と続ける。

「勝目さんに協力してもらってできた菓子パンは、本当に、評判がいいです。作ったら作っただけ定番商品になって、私も、勝目さんの仕事を本当に尊敬しています」

コーヒーショップの開店に伴い、小沼の強い求めに応じて、新作のパン作りに勝目も協力したことがあった。

まずは、ブラウンシュガーとシナモンの香るうずまき型のシナモンロール。秋には、栗のクリームを使ったデニッシュ作りにも協力した。

デニッシュに栗のクリームを使うことを、小沼は、會舘の名物デザートとなっている「マロンシャンテリー」に出会ったことで思いついたという。

栗と生クリームといういたってシンプルな素材でできたこのデザートは、シンプルだからこそ手を抜けない。栗のクリームは、丁寧な二度の裏ごしをした後に、あえて粗い目の裏ごし器を使って空気を含ませる。それをスポンジの上に載せ、上から生クリームをデコレーションする。この作業を、勝目は「ドレスを着せるように」と職人たちに指示してきた。ふんわり仕上げた栗が口に入れた瞬間にすっとクリームと溶け合うためには、手の熱が伝わらないよう、すばやくドレスを着せる必要がある。真っ白いクリームで覆われたドーム型のこのデザートは、見た目とおいしさ、その両方をとことん突き詰めた。

コーヒーや紅茶はもちろん、なかには少し辛口のシャンパンと一緒に楽しむ男性のファンもいる。口にした瞬間に笑みがこぼれる、「微笑みのデザート」とも呼ばれるこの菓子は、勝目の自信作だった。

マロンシャンテリーとデニッシュでは、同じ栗を扱うにしても勝手がまるで違うが、會舘オリジナルのマロンデニッシュを作る際、小沼は勝目に直接相談に乗ってほしい、と言ってきた。勝目ははじめ乗り気ではなかったが、パン作りにすべてを注ぎ、普段は無口で真面目すぎると言っていいほど真面目な小沼からの依頼とあっては無視できなかった。

この時、勝目は小沼に一つの質問をした。

「君にとって、自分らしいパンとはなんだ？」

この質問は、勝目がベーカーの若手たちにもよくする質問だった。君たちにとっての菓子とは何か、と。

その矜持（きょうじ）を聞けないことには技術協力はできないと思ってした問いかけに、小沼は容易には答えなかった。難しい顔をして黙り、やがて、「ありません」と答えた。

「今はまだ、ありません。答えはずっと先にあります」

その答えの後ろに、先達たちの情熱に鍛え上げられた堅固な一本の筋が通っているのが見えた気がした。パンの世界で、彼もまた會舘の伝統に胸を張って仕事をしてきたのだろう。伝統と向き合っていく責任と覚悟が小沼にはある。ならば、會舘の技術と技術が手を組んで、新しい伝統となるパンを作ろう、とその仕事に勝目自身もやり甲斐を感じた。

しかし、今回の場合はわけが違う。

「パンの場合はいいよ。ひとつひとつ手をかけて作れるが、今回頼まれている菓子は量産だ。そんな機械にかけるようなやり方は私には馴染まないし、やりたくない。できるできないという問題じゃないんだ」

「そうですか」

そう言いながらもまだ納得していない様子の小沼に、今度は勝目の部下が言う。

「そうだよ。おいしくなくなってしまっては元も子もないでしょう。そんな雑な菓子は別に私たちが作らなくたって……」

「ああ、いいえ、そうではなくて」

小沼の、いちいち言葉を丁寧に探すような物言いがもどかしい。彼が言った。

「ひとつひとつ、丁寧に作ってはいけないんですか」

「なんだって？」

勝目は耳を疑う。しかし、朴訥としてはいるが、それゆえに小沼の言葉は真剣そのもののようだった。

「だったら無理に機械に頼ることはないですよ。ひとつひとつ、勝目さんが今やっているように手をかけて、みんなにも詳細なレシピを残して人の手と技術を磨いて協力してもらったらいい。そうしたらおいしさを保ったままできます。時間はかかりますが」

「冗談じゃないよ」

勝目は首を振る。一体、誰がそんな気の遠くなるような真似をするというのか。しかし、小沼はたいしたことではないように続ける。

「土産用の菓子が評判になれば、人員は、自然と会社が追加して雇ってくれますよ。パン部門もバー部門もそうだったと聞いています。何も無理に機械に助けてもらうことを考えなくてもいいんじゃないでしょうか。妥協がない手作りのお菓子だから食べたいという人もいるでしょうし」

「話にならないな」

勝目が言うと、小沼は不思議そうに首を捻る。「そうでしょうか」とまたもや呑気に口にする、まだ三十代の製パン長のひたむきさを、勝目は初めて疎ましく思った。

「新しいことをするのに、何も闇雲に反対だ、と言っているわけではないんだ。ただ、レストランの菓子はやはりレストランの菓子で、ここに来れば食べられると思うからこそ、みんなが會舘にやってくる。本物の味はここだけにある、ということにも価値があるとは思わないか」

言いながら、これではさっき部下が自分に言ったことと同じだと気付いた。しかし、他に言い様がない。

小沼はなおも不思議そうに「そうですか?」と言い続ける。

「でも、パンは持ち帰ってもらえることも嬉しいですよ」

勝目を不快にさせたいというわけでもなさそうに、ただ飄々と言う小沼に、技術以外に社交性の方も身につけた方がいいんじゃないか、と嫌みのひとつも言ってやりたくなる。横に立つ部下がはらはらした様子で、勝目と小沼のやり取りを見ているのがわかる。

その時、ちょうど「小沼さん、ちょっといいですか」と、小沼の後輩が呼びに来たおかげで、その日はもう小沼とそれ以上喧嘩をするということもなく済んだ。もう少しこのやりとりが続いたら怒鳴ったり、殴ってしまっていたかもしれない。

「勝目さん、気にしない方がいいですよ」

小沼が出て行った後で勝目の部下が言ったが、この時にはもう勝目は呆れ果てて、逆に何を言う気も失っていた。

4

事業部長の田中が次にまた勝目に会いに来たのは、経団連主催の記念パーティーが終わった後、会場で勝目がデザートの片づけをしている最中のことだった。

その日のパーティーは結婚式ではなかったが、主催者側からのたっての希望で、特別仕様に飾られたウエディングケーキがふるまわれた。立食形式のパーティーで、取り分けられたケーキはこの日、ほとんどすべてがその場で食べられ、列席者からも称賛の声が聞かれた。

パーティーには、他にも色鮮やかなさまざまな菓子が並んだ。

こうした宴会にやってくる背広姿の役員たちは、ほとんどが会話に夢中で料理を食べることはおろそかになるものだが、それでもデザートの並ぶテーブルの前を見るとウエディングケーキをはじめとする皿は、ほとんどが持っていかれた後で残っていない。その様子を見ると、満足だった。

帝国ホテルや東京會舘に勤め、宴会用のデザートを作るようになってずいぶん経つが、勝目はこうやってたまにパーティー会場まで足を運ぶ。自分の作り出したデザートが実際に多くのお客様に求められ、愛されている実感はやはりここに来なければわからない。

田中は、そんな中、すっと入り口から勝目のもとに現れた。相変わらずの背広に眼鏡、事務方の装いだ。勝目の前までやってきて、頭を下げる。

「こちらにいらしたんですね。さっき厨房の方まで伺ったら、いらっしゃらなかったから」

「何の用だ」

「しつこくて恐縮ですが、再三のお願いに参りました」

「あの話は、はっきりと断ったはずだ」

実を言えば、またそれを言われるのが嫌で、ここ数日はなるべく田中や社長のいそうな場所には近付かないようにしていた。それを知ってか知らずか、田中が頷く。

「それはわかっています。それでも、私は諦めきれないんです」

「私はやらない。どうしてもと言うなら他の誰かに頼めばいい」

「いいえ。それは、勝目さんだって嫌でしょう。東京會舘の名を冠する菓子が、ご自分の知らないところで作られて売られているなんて。そんなことは、私たちだってしたくないです」

「君も大変だな」

勝目は苦笑する。

「社長命令なんだろう。時代の流れでそういうものにも手を出した方がいいという理屈はわかるよ。板挟みになってご苦労なことだ」

「違います。確かに社長も相当気にされているご様子ですが、勝目さんにどうしても、とお願いしているのは私自身の気持ちからです」

白々しいことを、と、勝目は口をつぐむ。

パーティー後の会場は、エレベーターを待つ人の姿でまだ盛会の名残が漂っていた。彼らがまだ場を去りがたく、立ち話をする姿を見ながら、黙ってしまった勝目の横で、田中がふいに、話を変えた。

「……この国の外食は、まだまだ、ああいった会社員や紳士だけのものという印象ですよね」

何の話を始めたのか。怪訝に思って、勝目もまた、田中の目線の先を見る。今日の宴会の列席者は確かに男性ばかりだ。会場には、列席者の吸う煙草のにおいもかなり残っている。

「つまりは、一家の中で、こういう場所で食事ができたり、レストランに行けるのは〝お父さん〟だけ、ということですね。どうしても仕事とセットになっていることが多いですから。最近ではデパートの中のレストランもだいぶ人気が出てきてはいますが、逆に言えば、家族みんなでの外食はそういう場所に限られた話だということでもある」

「何が言いたいんだ」

「旦那さんの帰りを待つ奥さんやお子さんたちは、まず本場のフランス料理やそれに出る菓子を食べる機会がないんです」

田中がじっと勝目を見る。そんな話になるとは思わなかった勝目は、静かに彼を見つめ返した。

「會舘のウエディングケーキも、最初は、そんな気持ちからスタートしたと聞いたことがあります。結婚式の披露宴もまた、家族の中では仕事がらみのお父さんだけが招待されることが多い。家族みんながそろって出席できないならば、と、家で待つ方々への幸せのおすそ分けの気持ちで、あのケーキは三段あるのだと聞いたことがあります。初めて聞いた時には感動しました。——だから、勝目さんが保存の利くレシピを考案してくれた」

田中の目が、切り分けられてなくなったウエディングケーキの載っていた台座を見る。

「一段目は、招待客の皆様にその場で食べてもらう。二段目はご列席いただけなかったご家族へのお土産、三段目は一年後の記念日のために新郎新婦に持ち帰ってもらうものだと聞きました。記念日のために食べられるというのも、一年以上も保存ができる、このケーキの魅力ですね」

三段のケーキに意味を持たせるのは、もともとは十八世紀のイギリスで考えられたことだ。そのレシピを参考に勝目が會館オリジナルのものを作り上げた。このケーキが長く愛されるものになってくれたことは、勝目にとっても大きな手応えになった。

田中の視線を追って、勝目もまたケーキのあった場所を見る。彼が振り向いた。

「時代の流れとか、業績のために、というだけでお願いしているわけではありません」

その目は真剣だった。

「ご家庭に、本場のフランス料理のおいしさをおすそ分けできる菓子をお願いしたいんです。外食に縁がない奥さんやお子さんにも東京會舘の味を伝えてもらいたい。それにはクッキーやケーキしかない。どうか、もう一度考えてもらえませんか」

勝目は黙っていた。田中が無言で頭を下げる。

会場に目を向けると、テーブルの上には、今日出席した背広姿の紳士たちが食べていった料理の皿があちこちに残されていた。東京會舘の料理は、こうした仕事の場でさえきれいに食べられてしまう。――おいしいからだ、といろんな会議の関係者から言われる。

田中に今言われたような話は、考えたこともなかった。

パーティーに出す菓子は、子供向けのものではない。それでいい、と勝目も思ってきた。しかし――。

頭を下げたままの田中が、手を固くこぶしに作っていた。落ち着いた口調とは裏腹に、そのこぶしが小さく震えていた。

それを見てはっとする。

鬼、と恐れられてきた自分によくもまぁこんな意見をしてくるものだ、と思っていたが、彼もまた、本当は緊張しながら、ここにやってきているのかもしれない。

「顔を上げろ」

勝目がそう言っても、田中はすぐには頭を上げなかった。勝目はうんざりしながら、もう一度言う。

「もうたくさんだ。わかった。話を聞こう」

その声に、田中の全身が反応した。はじかれたように顔を上げ、心底驚いたように目を見開いて勝目を見る。

勝目は言った。

「ただし、妥協はしない。どの程度、何ができるのか、考えさせてもらおう」

「では……」

「やるよ」

勝目が頷いた。田中の目が輝いた。信じられない、というように。

「手間も、金もかかるぞ。それでもいいか」

「――お手伝いできることなら、なんでもいたします」

「ないよ」

勝目はきっぱりと答えた。門外漢の事業部長に菓子作りで手伝ってもらうことなど何もない。しかし、勝目のつれない答えにも、田中はめげなかった。「そうかもしれませんが」と答えて、「それでも何かあれば、可能な限り、お手伝いいたします」と続けた。

「ありがとうございます」

最大限の敬意と感謝を込めるように、勝目に向けて、再び頭を下げた。

5

こうして誕生したのが、東京會舘のフランス菓子〝ガトー〟だ。

〝Gâteau〟はフランス語でケーキのことだ。ただしこの〝ガトー〟は、ガトー・ア・ラ・フランセーズの略で、小麦粉に砂糖とバターを混ぜて焼き上げたフランス風のクッキーだ。

さまざまな試行錯誤の結果、昭和三十一年、勝目が第一号を焼き上げた。

何種類かのクッキーが入っているが、勝目が最初に完成させたのは、プラリネクリームをサンドした半生タイプのクッキーだ。

このソフトクッキーのしっとりと優しい味わいを引き立てるクリームは、一度アーモンドをカラメリゼしてから細かく、細かく砕くという凝ったものだ。土産用の菓子であっても、おいしく食べてもらうための労力を惜しまないという、むしろ量産とは真逆の方向に舵(かじ)を切った結果だった。

試作品は、社長と田中事業部長らがまず試食した。

「うまい」

「おいしい」

全員の声がそろった時、勝目は当然であろうと思ったが、それでも安堵を感じている自分もどこかにいた。どうやら一抹の不安を抱えていたのだということを、安堵して初めて自覚する。

「このクッキーは柔らかいな。こんなものは食べたことがない。これが本当に箱売りできれば人気になるぞ」

「ありがとうございます」

田中への宣言の通り、このガトーの開発に際して勝目は一切の妥協をしなかった。會舘で食べる通りのさっくりとした食感にすること。この柔らかさと口当たりを損なうものには絶対にしないこと。そのため、崩れやすいことを承知の上で、粉に対してのフレッシュバターの配分は変えないこと、などを心掛けた。

これらの工程は、すべて手作りだ。

そのため、開発の段階から、勝目や部下たちにかかった負担は相当なものだったが、そこは製パン長である小沼の言葉を信じた。店売りの菓子が評判を呼べば、おそらく会社は製菓部にも力を入れるようになる。人員と場所をきちんと確保するようになる。言葉の責任を取るように、小沼もまた、土産用の菓子の開発には積極的に協力をしてくれている。

「このクッキーの口当たりは本当にいいな。口に入れた瞬間にまるでほろっと溶けるようだ。素晴らしいよ、勝目さん」

社長の絶賛はなおも続き、試作品の二つ目に手が伸びる。

その姿を前にしながら、勝目は礼を言う。

「ありがとうございます」

「この柔らかさが店売りには向かないと前に言っていたと思うが、崩れにくくする工夫は何か思いついたのか」

「いいえ」

勝目が答えると、社長がクッキーを食べる手を止めて、驚いたように勝目を見た。

「この口当たりを守るためには、材料の分量は変えられません。クッキーは相変わらず柔らかく、崩れやすいままです」

「では、土産用には……」

「なので、無駄(ロス)が出ることは仕方ないもの、と覚悟してください」

勝目のきっぱりとした口調に社長が目を見開いた。しかし、勝目のこの決断に迷いはない。堂々とした口調で言い切る。

「ガトーは、この厚さであることに意味があります。ガトーの厚さはガトーの命。この厚さでなければならない以上、合理的であるよりもおいしさを守り続けることを第一に考えたく思います。ロスが出ることも考えのうちに入れながら、なるべくそれを出さないように、ひとつひとつを大事に扱う。手作りで、注意を払って作り続けていけば、商品化は不可能ではありません」

「しかし、無駄が出ることを最初から……」

「私のレシピは」

社長が渋い顔をするのを見て、勝目は自分の目つきが鋭くなるのを止めることができなかった。勝手なことばかり言って、と相手を睨みそうになる。

「たくさん作るためのレシピではないんです。それは、この先、他のクッキーやケーキを作ったところで自然とそうなります。保存料も使いませんし、手作りのまま、おいしさを持ち帰っていただかなくては意味がない」

「しかし、こちらとしては人気商品となってもらいたいわけだから……」

社長がなおも渋り、試作品のクッキーと勝目とを交互にちらちらと見る。

勝目は怒っていた。職人の苦労を知らない側の勝手な言い分に、なぜ、自分の信条を曲げてまでつきあわなくてはならないのか。

頑固だと言われようと構わない。これが勝目にできるクッキーだ。

ならば勝手にすればいい、もう結構、と勝目が話を終わらせてしまおうとした、その時、それまで自分たち二人の様子を見守っていた田中が「社長」と、声を上げた。

「いいじゃありませんか。勝目さんはつまり、この東京會舘で、ベストセラーではなくてロングセラーを作り続けましょう、と言っているんですよ」

それは場違いなほど明るい声だった。

その場にいた誰もがそれまでの険悪なムードを一瞬忘れてぽかんとしたほどだ。勝目もそうだった。拍子抜けして、え？　とこの若い事業部長の方を見る。田中は微笑んでいた。

「そうですよね、勝目さん」と勝目を見る。

「一時の人気で量産するよりも、勝目さんのレシピを丁寧に守ることで、長く続けられるお菓子の在り方を考案してくれた、ということなんだと思います。私がお願いしたかったお菓子というのはそういうものです。丁寧で、何より、おいしくなくては意味がない」

田中が社長に向き直る。

「私からもお願いします。合理性よりおいしさを。ロスが出ても、それが東京會舘らしさなのだと思います」

田中の言葉に社長はしばらく、動かなかった。けれど、その場の皆が自分の方をじっと見つめていることを察して、ややあってから、ゆっくりと頷いた。手にしていたクッキーは、長時間彼の指につままれていたために、すでにかなり崩れている。中のクリームが、人差し指の腹についていた。

社長が言った。

「わかった。――やってみてくれ」

言うなり、手にしていたソフトクッキーの残りを口に入れる。指についたクリームまで行儀悪く舐め取る。それは無意識にしてしまったことらしく、後から気まずそうにナプキンを手に取り、慌てたように指を拭っていた。

手伝えることがあるならなんでもする、という田中の言葉に嘘はなかった。

勝目のこだわりを理解した田中はまず、その姿勢と理念にふさわしい化粧箱を用意した。

勝目が作ったクッキーの一枚一枚を入れる持ち帰り用の缶には、花が描かれていた。その上に、〝Gâteau〟と〝TOKYO KAIKAN〟の文字、そして丸の内本館の外観がマークのように入る。

6

箱売りの菓子が発売になって二年ほどしたある時、館内を歩いていると、よく通る女性の声に「勝目さん」と呼び止められた。

振り返り、勝目は「ああ……」と頷く。東京會舘五階にある、遠藤波津子美容室を経営する、三代目の遠藤波津子さんだった。これまで何度か顔を合わせたことがある。

三代目は、今はもう會舘での婚礼準備の多くを娘である四代目に任せ、普段は銀座にある理容館を守ることの方が多い。會舘で姿を見かける機会も減っていたが、その彼女が今日は一つ紋の入った正装をしている。それを見て、勝目は理解する。ちょうどその頃、遠藤波津子美容室には、三代目と、襲名まもない四代目の母娘に重要な仕事が与えられていた。

皇太子殿下のご成婚にあたり、妃殿下となられる美智子さまの美容担当を拝命したのだ。

そのため、東京會舘五階の美容室に美智子さま専用のお支度の部屋が作られた。ご婚約が調われた美智子さまが宮内庁に通われ、皇室関係のご勉学をされるにあたり、マスコミにあまり気付かれることなく、また、帰途、立ち寄られるのにちょうどいいようにと、東京會舘の部屋が急遽改装されたのだ。遠藤波津子美容室にとっては、まさに命がけの仕事と言っていい。

自分が働くのと同じ建物の中に美智子さまが実際にいらしている、という話は勝目も聞いていた。お支度の部屋で婚礼美容のためのお打ち合わせやご準備にあたられているらしいと思うと、それだけで厨房にまで緊張感が漂うようだった。

三代目が正装で會舘まで来ている、ということは、今日も美智子さまがいらっしゃるということなのだろう。

三代目遠藤波津子は、戦前から、東京會舘の婚礼のすべてを取り仕切ってきた大ベテランだ。風通しのいい物言いをする姿勢のいい美人で、年を重ねた今も現場に立ち続けている。この人とその娘ならば、ご成婚のお支度もきっと間違いがないだろうと思えた。

彼女が勝目の顔を見上げ、微笑んだ。

「東京會舘のクッキーをこの間いただいたの。作られたのは知っていたのですけど、これまでなかなか機会がなくて。この間、會舘に来た時にようやく食べられました。とてもおいしかったです」

「それはどうも」

「あと、クッキーの缶もとても素敵ね。カトレアの」

「カトレア？」

聞き覚えのない言葉に首を傾げると、「あら？」とおどけるように三代目も首を傾げてみせた。からかうように「ご存じない？」と続ける。

「あそこにもあるじゃない。カトレアの花。発売からだいぶ経つのに知らなかったの？」

「ああ……」

三代目が指さしたのは、入り口近くに飾られた大きな花の鉢だった。勝目が作り上げたガトーの缶には、確かにこの花の写真が入っている。華麗さを感じさせるこの花は館内のあちこちに飾られているが、勝目は名前を知らなかった。

三代目遠藤波津子が、少し意地悪く「ふうん」と頷いて、勝目の顔を覗き込む。少しむっとして「なんですか」と尋ねると、彼女が微笑んだ。

「缶の柄がとてもいいと思ったけれど、じゃあ、カトレアのデザインは勝目さんのセンスじゃないのね。ひょっとして、田中さん？」

「ええ。事業部長がデザイナーたちと考えて、いろいろ案を揉んでいましたよ」

「じゃあ、勝目さん、田中さんに感謝しなきゃね。この缶、本当にいいわよ。カトレアを使うのも東京會舘っぽいし、きっと長く人気になるわ」

花畑みたいだもの、と遠藤さんが言った。年を感じさせない、少女が歌うような声だった。

「お花の缶の蓋を開けると、その下に並んだクッキーがみんなはしゃいでいるみたい。見た瞬間、私は花畑みたいに思いました」

何種類か開発したクッキーの中には、真っ白い生地にサクランボやオレンジの砂糖漬けを砕いて絞ったホワイトミントや、オレンジキュラソーといった鮮やかなものもあり、その色合いが一際目立つようにしてある。

そのことを褒められたのだとしたら、嬉しかった。三代目が軽やかな口調で、「特にパイが好きです」と続ける。

「ハート型のパイ。あれ、表と裏で色も、お顔も違うのね」

「パルミエというパイです。どうしても譲れなくて、ひとつひとつ手で作っています」

パイは、勝目が特にこだわったものだ。手仕事で作るため、一つとして同じ形のものがない。一度焼いてからもう一度、今度は表と裏を決めて焼く。他の店ではパイは裏も表もなく、両面が同じ形、同じ焼き色になるが、東京會舘のパルミエは、そんな工程を経ているため、必ず表と裏がある。両面で焼き色も違うし、さっくりとした食感がより強くなるようにしてある。

そのことを、三代目が〝顔が違う〟という言い方でわかってくれたことは、大きな手応えだった。三代目が「そう」と頷いた。

「道理でおいしいわけね。また買います」

そう言って、美容室へと去って行く。その後ろ姿を見守りながら、勝目は励まされる思いがした。形は違えど、この會舘の中で、自分と同じく〝一大事業〟の仕事に励んでいる人がいると思うと、それだけで心強く感じられた。

三代目にとって、ご成婚のお支度のご用命はとりわけ特別な意味があると聞いた。

三代目はもともと、初代遠藤波津子氏の顧客だった人だ。婚家先の三浦家は、義父が東京府知事を務めた立派な家柄だったそうだが、夫と死別した後、彼女はその三浦家の反対にあいながら、子どもを連れて、初代のもとに弟子入りした。その時の子が今の四代目にあたるわけだが、職業を選んだことで義父の心を痛めてしまったことを、三代目はずっと気にしていたそうだ。

しかし、今回のご用命は、彼女が三浦家の人間であったことも少なからず影響してのことだと聞く。遠藤波津子美容室には初代の頃から宮家のお客様も多く、拝命の理由はさまざまにあったろうけれど、そんなわけで、三代目にとってのこの大仕事は、義父の気持ちにようやく報いることができる、という強い思いに今この時も支えられているはずだった。

その後、勝目は皇太子殿下と美智子さまのご婚礼の報道を新聞で読んだ。

新聞を開き、勝目は、記事の内容よりもまず、お写真の中の美智子さまの髪型や衣装の方に目を凝らした。遠藤波津子美容室の一大事業が無事に成し遂げられた様子がそこにあった。

――私も引き続き頑張りますよ、という気持ちで、三代目に、心の中でそっと「お疲れさまでした」と呼びかける。

7

出来上がったガトーは、すぐにそのための販売スペースを確保するのではなく、まずはお客様から電話で注文を受けてお届けするという形が取られた。

築地の料亭「新喜楽」などにも置いてもらっていたが、次第に評判を呼び、完成した年の十月からは、本館および各支店営業所の店頭でも売り出された。

ガトーは、高級フランス菓子というその特徴から、贈答品用としての人気に火がついた。本館、営業所での店頭販売から、各デパート、ゴルフクラブへと販路がたちまち広がっていく。もちろん、婚礼用の引菓子としても、多くのお客様からの希望があった。そうした需要の高まりとともに、製菓部には人員が増やされた。会社もレシピ通りの菓子が作れる製造体制を確立させる努力を惜しまなかった。

しかし、それでもお中元やお歳暮などの贈答期には大変な人気のために製造が間に合わないという嬉しい悲鳴も聞こえたほどだ。皆、休みを返上してガトーのために働いた。東京會舘と言えばカトレアの缶のクッキー、というイメージがすっかり定着していった。

ガトーの販売の伸びは、他の菓子やパンの販売にも連鎖的に好結果をもたらした。ガトーを求めて売り場を訪れたお客様は、生菓子のタルトやパイのようなフレンチペストリーやパンにも自然と目を向ける。

それは製パン長の小沼には予想できていたかのようで、彼の仕事にもやり甲斐が生まれ、一層弾みがついたようだった。

ガトーの好人気を受けて、勝目のもとには、さらなる菓子の開発依頼があった。人員も増え、しかも、土産用の菓子にしっかりと手応えを感じることができた今の状態であれば、今度は勝目自身、やってみたいことがあった。

そこで開発されたのが、ガトーアナナとプティフールだ。

ガトーアナナはパイナップルを入れ込んだ半生タイプのケーキの名である。〝ananas〟はパイナップル科アナナス属の属名。独自の製法で長時間煮込んだパイナップルをミックスし、手作りで仕上げたバターケーキだ。

プティフールはフランス語で〝petit four〟。これは、〝小さな窯〟という意味で、一般的に一口サイズのケーキを意味する。レストランで出していたプティフールを持ち帰りできるように考案し直した、見た目にも色鮮やかなソフトタイプのクッキーを集めた。

これはいずれも人気商品となったが、特にガトーアナナに対しては、勝目のこだわりを最後まで貫いた。

ガトーアナナのパイナップルは、ゆっくり、一週間から十日ほどの時間をかけて煮込まれる。毎日、朝夕、熱いシロップをかけて、じっくりと熱して冷まして、という工程を繰り返す。そうして出来上がるのが琥珀色のアナナだ。きれいな黄金色のパイナップルは、このオリジナルの煮方を経て、繊維が溶けるほどになる。口に入れたときに残る繊維はまったくなく、やわらかな甘さがただ広がる。

これまで會舘に入った若手のベーカーたちに一番つらい仕事を尋ねると、それは、卵を割ること、と答える者が多かった。菓子作りのために一日中卵を割り、それをひたすら黄身と白身に分ける毎日の作業がきついと訴える声が大半だったが、ガトーアナナが商品化されると、若手たちの〝一番つらい仕事〟は、このパイナップルの工程と答える者が圧倒的になった。

パイナップルを煮ている部屋は、甘ったるいパイナップルの匂いが充満し、その中で、じっくりと少しずつ、シロップをかけては熱して冷まし、かけては熱して冷まし、を繰り返す。時には部屋を出てからも全身からパイナップルの匂いが取れないこともあるほどだったが、東京會舘のガトーアナナのために、と勝目の教えを守り、皆が全力で頑張った。

どんなに急いでも時間を縮めることができない琥珀色のアナナ作りは、勝目の〝たくさん作るためのレシピではない〟菓子の最たるものだ。

蝶の形のパピヨンというパイは、その後で生まれた。

最初はシンプルなチーズの味だけだったが、やがてセサミ、オニオンの風味を加えた三種類で作られるようになった。パピヨンには、事業部長の田中がまたもデザイナーと相談して、ストライプの柄が入った専用の丸い缶を用意した。カンパンの缶のようにプルを引いて蓋を開けるのが新鮮だと、多くのお客様から喜ばれた。

ガトーもまた、しばらくすると、田中が「飽きられずに愛される変化をつけるため」と、カトレアの缶のデザインを変えることを提案してきた。高級感があることは崩さずに、勝目の作った菓子をより魅力的にどう見せるか、ということを田中は考え続けていた。

「変わるのは、パッケージの方に任せてくださいね。中味のお菓子は勝目さんが作った通りのおいしさをずっと残しておきます」

そんな田中だからこそ、勝目は信頼し、数々のレシピを會舘に置いていくことができた。このままの製法を守り続けるように、と固く約束し、定年を機に東京會舘を退職した。

會舘のチーフ・バーテンダー、桝野に最初に声をかけられたのは、勝目が會舘を去る、その少し前のことだった。

厨房の料理のことで、田中や他の従業員とともに立ち話で打ち合わせをしていた時だった。

「勝目さんですか」

會舘のバーは、GHQに接収されていた頃からのバーテンダーたちが仕切る、會舘の社員であってもおいそれと近付ける雰囲気でない場所だった。名だたる企業の役員や商社マンが顔なじみのバーテンダーと時を過ごすバーは、新入社員にとっては「怖い場所」以外のなにものでもなかったし、ベテランの従業員ですら、足を踏み入れた瞬間に常連の客たちにじろりと一斉に顔を見られるとあって、「會舘の中であれほど行きにくい場所はない」と言うほどだった。

勝目の職場は厨房であり、勝目もまた、普段はバーには近付かない。桝野の顔は知ってはいたが、話しかけられるのは初めてだった。怪訝に思う勝目に、桝野がこう言った。

「勝目さんが作られたあれ、すごくおいしいです。蝶の形のパピヨン。評判がいいです」

若手たちから恐れられ、顔つきも険しいと言われることが多い自分に、屈託なく――むしろ馴れ馴れしいほど気安い口調で話しかけてきた桝野に、横の田中が肝を冷やした様子なのがわかった。

しかし、勝目には、その率直で気取りのない言葉はむしろ新鮮に響いた。後に、桝野が戦後すぐのアメリカン・クラブ・オブ・トーキョーでマッカーサーをはじめとする多くの客人に鍛えられてきたことを知って、なるほど、と思ったものだ。

この時、勝目は桝野に向け、こう尋ねた。

「どういうふうに」

勝目の問いかけを受けて、桝野は相変わらず臆するところのない物言いで「全部、空になりますから」と答えた。

「おつまみにピーナッツなんかを出してもよく余ってしまったりしますけど、パピヨンは皆様、全部空にして帰られます。そのまま帰りに売店で買っていく人もかなりいますよ」

「そうか」

お菓子、という枠を超えて、酒のつまみのように愛される存在になってくれたらいいと思っていたパピヨンだったが、それを本当に會舘のバーで出しているとは聞いていなかった。

「今度バーにも来てくださいね」

桝野が朗らかにそれだけ伝えて、勝目たちの前を去っていく。再び打ち合わせに戻ろうと顔を上げた勝目は、田中が黙ったままでいることに気付いた。

おや、と思って顔を見る。そして、息を吞んだ。

田中の腕が微かに震えて、目が赤い。肩を小さく丸めていた。

涙をこらえているのだ、と初めて気付いた。

周りの人間も驚いていた。皆が自分を見ているのを知って、田中が照れ笑いをするように一度深く息を吸う。だけど、そこから呼吸が続かなかった。ごまかすのをやめたように勝目を見て、そして、目頭をそっと拭った。

「――嬉しいですね」

それは、喉から振り絞るような声だった。

「私はとても嬉しいです。勝目さん」

「……田中さん」

勝目には言葉がなかった。

男のくせにめそめそするな、と普段の勝目であればそう言っただろう。大袈裟な、と笑い飛ばすことさえしたかもしれない。しかし、この時ばかりは感慨が胸に迫って、何も言えなかった。それは、田中がこれほどまでに本気であったことを思い知ったからだ。真剣に、命をかけるような覚悟で菓子の事業に取り組んできたことが、その表情から知れた。

どう声をかけていいか、わからなかった。

咄嗟に礼を言いたい気持ちになって、そのことに勝目自身が驚いていた。菓子の事業は職人である自分には本来馴染まない仕事であり、頼まれたから協力してきたというだけのことだ。しかし、今、勝目の心に湧き起こったのは感謝だった。

こちらこそ、菓子の事業をやらせてくれてありがとう——と、これまで自覚もしていなかった気持ちがふいに胸に突き上げ、そのことに勝目は戸惑った。

素直に口に出すかどうか、決心がつかなかった。他のシェフや自分の部下であるベーカーたちもいる中ではさすがに躊躇われた。

勝目が沈黙したその一瞬の隙をついて、田中が恥ずかしそうに微笑んだ。目はまだ微かに赤かったが、もう泣き顔ではなかった。勝目が言葉をかけるより早く「すいません」とさっさと謝ってしまう。

「みっともないところをお見せして申し訳ありませんでした。勝目さん、本当にありがとうございます」

「――ああ」

礼を言いたいのはこちらの方だ。

突き上げてきた衝動を押し殺すようにして、勝目はただ、静かに頷いた。

8

そして、昨年。昭和三十八年。

田中が再び、退職した勝目のもとに挨拶に来た。

勝目が去った後の東京會舘の製菓部が、これまでの本館地階の製菓室から、東京・蒲田(かまた)に新設する工場に移転する。その話をするために、田中は勝目のもとにやってきたのだった。

ガトーが発売されて七年が経っていた。

工場、という呼び名を勝目は本来好かない。

機械に頼ることなく手作りで、という思いでこれまでもやってきた。自分の考案した菓子を機械に預けるつもりか――と憤慨しかける勝目に、この時も田中の言葉は覿面(てきめん)に効いた。

「機械に歩み寄っていただきます」と、彼は言った。

「機械に頼るのではなくて、歩み寄ってもらうことを考えたいんです。勝目さんには、そのためにまたご協力を仰がなくてはなりません」

「歩み寄ってもらう？」

ガトーの発売から七年、人気と需要の高まりから、生産が追いつかない状態にあるということは、退職した後も感じていたことだった。いつかはさらなる量産体制を会社が考えるようになるであろうということも危惧していた。仕方がない流れなのかもしれない、受け入れざるをえないであろうと、わかってはいた。

自分に機械化を伝えに来る時は、きっと、會舘の誰かが平身低頭で謝りに来るという状況なのだと思っていた。

しかし、田中の言い方はさっぱりとしていて、前向きだった。

「他の会社で量産しているお菓子は、おそらく機械を入れる時に〝いかに人の手を減らしていけるか〟を考えると思います。しかし、勝目さんの味を伝えていくためにはそれではもちろんダメです。〝いかに人の手を減らすか〟ではなく、〝いかに機械を補っていくか〟を考えなくてはいけない。大事なのは人の手の方です」

「なんでもかんでも機械にはしない、ということか？」

めていた。

「はい」

田中の目は真剣で、この時も勝目から片時も逸れなかった。まっすぐにこちらを見つめていた。

「機械でできることも今は多いでしょうけど、なるべく、そこは機械に譲歩を願って、人の手でどうしても、というところをしっかりと見極めたいんです。それには、レシピを考案した勝目さんでなくてはわからないことがある。申し訳ないですが、相談に乗ってください。會舘の味を、私だって変えたくはありません」

「しかし、機械を使う以上、菓子のレシピは前のままというわけにはいかないぞ。分量だって工程だって、それに合わせて変える必要がある」

「はい」

田中が唇を引き結んだ。退職した勝目に、再度、會舘のために協力しろ、骨を折れという無理を言いに来たのだ。田中が居住まいを正し、深々と頭を下げた。

「だったらそれを、私たちに教えてください」

「もう引退して気楽な身分になった人間相手によくそんなことを図々しく言えたもんだな。それに、簡単にはいかない。人の手と同じくらいのものを機械で作る、というのはまず無理だ」

「わかっています。簡単にできないからこそ、勝目さんでなければと、無理を承知で参りました」

田中が顔を上げる。そして言った。

「まず無理、と言った土産用の菓子を勝目さんは完璧な形で作られた。勝目さんは、これまでも無理を無理でない状態にしてきた方です。私は、あなたを尊敬しています」

勝目はしばらく、答えなかった。

その沈黙の間にじっと耐えるように、田中もまた黙ったまま自分の方を見ていた。

時代の流れとはいえ、受け入れられない、という気持ちは強くある。しかし、勝目は実を言えば、田中がこうやってわざわざ自分のもとに来たことが嬉しくもあった。

レシピを考案したのが勝目だとはいえ、自分はもう退職した人間だ。機械化でも工場でも、会社でいくらでも好きに進めていいところを、菓子の生みの親である勝目を蔑ろにすることなく、筋を通しにきた。

東京會舘の菓子は、「どこか懐かしい」という言葉で表されることがある。

常に時代の最先端の菓子を追い求めてきた勝目にとって、それは會舘にいた頃から、褒め言葉には聞こえなかった。懐かしさ、というのは古びているということだと、受け入れがたい気持ちでいた。

しかし、現場を離れてみると、それは今、悪い言葉には聞こえなかった。東京會舘の懐かしさとは、言い換えれば、変わらぬ、不器用なほどの真面目さではないだろうか。

その真面目さを、この事業部長もまた持っている。

「わかった」

勝目は答えた。

「どんな機械を入れるつもりなのか、試しに聞かせてみろ。協力するかしないかは、それから決める」

田中がぐっと、奥歯を噛み締める。勝目の返事を全身で受け止めるように「ありがとうございます」と深く、頭を下げた。

「まだ手伝うと決めたわけじゃないぞ」

勝目が言っても、顔を上げた田中の顔には笑みが浮かんでいた。「もちろんです」と彼が答える。

「もちろん、わかっています。それでも――ありがとうございますと、言わせてください」

機械に歩み寄っていただく、譲歩を願う、という田中の言葉通り、勝目も譲れないところは何一つとして譲るつもりはなかった。――実際、包餡機(ほうあんき)やトンネルオーブンといった新たな機械を入れての菓子作りは、レシピを一から見直す、大変に手間のかかるものだった。

田中の熱意がなければ、おそらく、勝目は手伝おうという気にはならなかったはずだ。

勝目のレシピと機械の現場の調整は、職人のこだわりと効率化の対決のような際どい局面が何度もあり、それを田中が注意深く、どちらの側にも配慮を重ねて進めてきた。長く過酷な試行錯誤を経て、今年、工場での生産はどうにか軌道に乗ったばかりだ。

9

今、バーのテーブルで、ガラスの器に入れられた蝶の形のパピヨンを、勝目は感慨深く見つめる。

さまざまな部分で妥協ができても、やはり、パイに対してはほとんどが譲れなかった。この歯ごたえ、焼き色、形を守ってほしいと、ひとつひとつ手作りすることを徹底させた。だから、東京會舘のパイは、パルミエもパピヨンも、どれ一つとして同じ形がない。みんな違う顔をしている。中でも、このパピヨンは蝶の形をしているため、割れてしまうロスも多かった。それでもやはりこの味、この食感でなければとこだわり続けた。

先日、會舘の社内広報誌に若手のベーカーのインタビュー記事が載っていた。記事は、ずらっと並んださまざまな種類のガトーの写真付きで、「この中に今でも手作りのガトーがあります。さて、それは?」と書かれていた。

ベーカーの答えはこうだ。

「手作りするのはパイ。理由？　手作りでなければならないからです」

自分が働いていた頃にはいなかったそのベーカーの言葉に、ちゃんと自分の教えが生きている。勝目は満足した。

「何かお作りしましょうか？」

勝目の飲み物が空になったのを見て、桝野が声をかけてくる。パピヨンのパイのことで声をかけられたのをきっかけに、勝目もあれから、バーをよく訪ねるようになった。現役だった頃には、事業部長の田中ともよく来たものだ。バーでは、田中はこんな話をしていた。

「東京會舘に最初に採用になった時はレストラン勤務だったので、お客様にジン・フィズを頼まれてバーに取りに行ったところ、桝野さんから、『どっちだ？』って聞かれて戸惑いました。ミルク入りのジン・フィズもあって名物になっているんだということを、私はそれまで知らなかったので」

會舘に採用になった社員はさまざまな部署を経験してその役職に就く。田中のその話を、勝目も面白く聞いた。

「いや、もう結構」

勝目が言って、席を立とうとすると、桝野から「副社長には会っていかれないんですか」と声をかけられた。

「今日もまだ、いらっしゃると思いますよ」

「いや、それも遠慮しておこう」

事業部長だった田中が、その手腕と業績を買われて東京會舘の副社長になったのは三年前のことだ。パレスホテルの開業に伴い、社長をはじめ、多くの役員が当時、會舘からホテルに移った。多くの人材を失った後の會舘に、田中は残り、副社長に任命された。東京會舘では、他の会社から出向してきた役員を社長や経営陣に迎えることがほとんどだ。レストラン勤務をスタートとする現場のたたき上げの社員が副社長になったのは、會舘始まって以来のことだった。

時計を見ると、もう十時を過ぎている。こんな時間までまだ働いているのか、とため息が出た。

勝目はもう退職した人間だ。今更、気軽に訪ねて行こうとは思わない。

勝目の答えに、桝野が「そうですか」とがっかりしたように呟く。

「田中さんは勝目さんが大好きだから、呼ばれたら大喜びでやってくると思いますけどね」

「ふん。大きい顔をして自分に命令する人間がいなくなってせいせいしているだろうから、仕事の邪魔をすることはないよ。嫌がられるだけだ」

桝野の言葉に微笑み、バーを後にする。「また来るよ」と告げる時、近くの席に座っていた別の客が、パピヨンを一つつまんで口に入れるのが見えた。

ロビーの横にある菓子売り場を覗いていこう、と思ったのはほんの冷やかしの気持ちだった。

會舘の菓子やパンの売り場は、レストランが閉まった後でも寄れるよう遅くまで営業している。この時間に残っている生菓子やパンがあれば、それはあと数時間で処分されてしまう運命にあるということだから、買って帰ってもよいと思ったのだ。

「あ、勝目先生」

売店に立つ売り子の従業員が、勝目の姿を見て居住まいを正す。勝目は軽く手を振って、構わなくていいから、と合図する。顔を知られているというのも窮屈なものだ。

売れ残りのパンや生菓子は、意外に少なかった。売れ行きがいいのかもしれないし、在庫が残らないよう、ベーカーたちが細かい調整を続けているせいかもしれない。当てが外れたが、勝目にとっては嬉しい事実だった。

この時間、店内にはもう客は皆無だろうと思っていたが、そうではなかった。勝目の前で、まだ若い、三十代後半ぐらいの夫婦が、並んで商品を見ている。

見覚えのある夫婦だった。

勝目が桝野に声をかけられた際、友人夫婦と入れ違いに玄関を抜けてきた人たちだ。まっすぐ前を向いて歩く夫に比べて、妻が落ち着かない様子でそわそわしていた姿を覚えている。モダンなワンピースに帽子、という姿で、大理石の壁を仰ぐように見つめるのを、夫が「早くしなさい」と促していた。

あの後、レストランで食事を終えたのかもしれない。ボストンバッグを手にしているから、おそらく旅行者だろう。さては、話題のレストラン「イル・ド・フランス」を目当てに會舘にやってきたのか。

二人はパンや生菓子の方には目もくれず、土産用の箱菓子を見ている。その後ろ姿をなんとなく眺めていた勝目のもとに、声が届いてきた。

「いつも、ここでこんなふうに売ってるのを買ってたのね」

最初に建物に入った頃よりは気持ちが和らいだのかもしれない。妻の方の口調が穏やかだった。笑って、夫を軽く睨む。

「知らなかった。パイの他にもこんなにいっぱいおいしそうなクッキーがあったなんて。あなた、いつもチーズのパイ以外買ってきてくれないから」

「だって、おまえも子供たちもそれが好きじゃないか」

「あら。他のものは一度も買ってきてくれないから知らなかったのよ。子供たちだって甘いお菓子の方が好きに決まってるじゃない」

妻が微かにふふふ、と笑う。パピヨンの丸い缶を手に取る。

「あなたがいつも買ってくるのは、お土産というよりも、一番はまずご自分のためだったのね。どうりで晩酌の時にこのパイばかり食べていると思った」

「いいじゃないか。買うのか？　買わないのか？」

妻の方の言葉に、微かに関西の訛りが感じられた。やはり旅行者なのだ。

彼らに向け、売り場の店員が「パピヨンをおのぞみですか」と声をかける。

話しかけられると思わなかったのか、妻の方がびっくりしたように店員を見る。恥ずかしそうに「はい」と頷いた。店員が微笑む。

「お包みいたしますよ。會舘へはお食事ですか？」

「……ええ。私たち、初めて一緒に東京に来たんですけれど、あの、子供を預けて、やってきて」

話しながら、徐々に落ち着きを取り戻した様子の妻が微笑んだ。

「どこかで食事を、と言われても、場所を知らなかったので、こちらに。——夫が、東京出張のたびに、こちらのパイを買ってきてくれるので」

彼らの視線の先に、黒い蓋の、パピヨンの丸い缶があった。

勝目が見つめている様子には気付かずに、妻が続ける。

「一度食べて、おいしくて、それで出張のたびに頼んでるんです。うちでは、この丸い缶がいっぱいたまるので、鉛筆立てとか、子供の物入れとか、すべてこの缶だらけなんです」

「あの」

つい、勝目の口から声が出た。

思わずそうしてしまった後で、夫婦も、それに接客していた店員も、驚いた様子で勝目を見るのがわかった。しかし、続けて聞きたくなってしまう。

「……東京會舘へは、今回が初めてですか」

「ああ、はい。そうです」

妻が頷く。勝目が誰かということもわからないままだろうに、丁寧に目を合わせて、答えてくれる。その様子に、彼らの人柄の良さが滲み出ていた。

勝目は、さらに尋ねた。

「レストランを目当てに来たわけではないんですか。今は、オリンピックにゆかりのあるイル・ド・フランスというレストランができていますが」

「あ、はい。東京で食事する、と聞いて、ただ東京會舘と思い浮かんだだけです。予約して、今日来たことで、初めて、こちらがオリンピックに関係したレストランだと知りました。何も知らなくて、不勉強で申し訳なかったんですけれど」

妻が、「ねえ？」と同意を求めるように夫を見る。今度は夫の方が頷いた。

「いつも食べているパイをきっかけに、妻にぜひともとねだられました」

「東京で、他に知っているお店はありませんでしたから」

夫の横ではにかむように笑う妻の姿に、勝目は言葉が出てこない。ややあって、「そうですか」と言った。

「では、パイをきっかけに會舘に」

「はい。恥ずかしながらお土産のパイをきっかけに、こちらを知りました。おかげで、今日は素敵なレストランにまで来られて本当によかったです」

微笑む夫婦を前にして、勝目は静かに息を吸い込む。「そうですか」と再び答えるのが精一杯だった。

想像してしまった。

パピヨンの包みを手に出張から帰る父親。それを出迎え、パイの缶を受け取る妻や子供。パイを食べた後、その缶が家の中で物入れや鉛筆立てに流用され、愛されていること。

パピヨンの缶もまた、田中がデザイナーとともに心を砕いて作り上げたものだ。

ふいに、耳の奥で、声が聞こえた。十年近く前、田中が、勝目を土産用の菓子作りに誘った時の、彼の口説き文句だ。

――旦那さんの帰りを待つ奥さんやお子さんたちは、まず本場のフランス料理やそれに出る菓子を食べる機会がないんです。

——ご家庭に、本場のフランス料理のおいしさをおすそ分けできる菓子をお願いしたいんです。外食に縁がない奥さんやお子さんにも東京會舘の味を伝えてもらいたい。それにはクッキーやケーキしかない。


叶ったじゃないか、と、あれから十年近い歳月を経た今日、勝目は思う。

たいしたものだ、と、あの頃にはまだ頼りなくも思っていた、自分の菓子作りのパートナーとでも呼ぶべき田中を、手放しで称賛したい気持ちになる。田中の思いはちゃんと届き、東京會舘を知らなかった人のことまでも、この建物に呼び寄せる役目を果たしている。

勝目に突然話しかけられた夫婦は、戸惑いながらもどこか楽しそうだ。再び目線をパピヨンの缶の方に向けている。ガトーやプティフールを眺め、今日はこれもお土産に買っていくつもりかもしれない。

「……いきなり失礼しました。どうもありがとう」

急に話しかけてしまった非礼を詫びて、勝目は静かに売店を後にする。

そして、以前、言えなかった言葉のことを考えていた。

かつて、パピヨンのパイがバーですべて空になるとバーテンダーから聞かされた田中は、勝目の前で俯き、「嬉しい」と素直な言葉を聞かせてくれた。そして泣き顔になって、「ありがとうございます」と勝目に言ってくれた。

あの日、本心を言えば、勝目の中にも湧き起こった感動があったのだ。言いたくて、しかし呑み込んだ言葉があった。

今なら言えるかもしれない。

今日のこの夫婦に会ったこと、こんな夫婦がいたことを、勝目が報告したい相手は一人しかいなかった。

「おや、勝目先生」

フロアにいた黒服が、勝目の姿に目敏（めざと）く気付いて声をかけてくる。その声を受けて、勝目は尋ねた。

「田中副社長は、まだ役員フロアにいるかな」

今夜は、彼を連れてもう一度桝野のバーに戻ってもいい。

カクテルを傾けながら、パピヨンをつまんで食べたい気持ちだった。

振り返ると、菓子の売店で肩を並べた夫婦が、ガトーとパピヨンの缶を手にしていた。

それを見て、短く息を吸い込む。

しあわせだ、と心底思う。

東京會舘に、これらの菓子をこれからもずっと、誰かにとっての、しあわせな味の記憶として残していけること。

勝目はそのことを、とても誇りに思う。

　　　　　　　　　　　　　　𝕿

夫婦二人で東京にでも行かないか――と声をかけられた時は、いったい、何事かと思った。

山中恵津子は、大阪に住む主婦だ。夫の隆文、子供二人の四人家族。恵津子の実家は住まいの近くにあったが、夫の実家は東京で、大学も東京だった。しかし、勤めは大阪であったため、恵津子とは大阪で知り合った。

造船会社で働く夫は、出張が多かった。

中でも多く出かけたのは東京の丸の内だった。出かけるたび、お土産に、黒い蓋の丸い缶入りのチーズパイを買ってきてくれた。

パイの缶には『TOKYO KAIKAN』と書かれていた。

子供が好むような甘いお菓子ではなく、スパイスの利いたパイは大人のお菓子といった風情で、胴の部分をねじった形はちょうどイチョウの葉っぱのように見えた。のちに、フランス語で蝶のことを「パピヨン」ということを知り、パイの名前を見て、ではこの形は蝶なのだと気付いたが、恵津子にはイチョウの葉っぱの方が近い形に見えた。

家で待つ自分や子供の土産にと買ってきたくせに、夫もまた、このパイをよく食べた。特に晩酌のお供にしていることが多い。

空になった後の缶は、家のあちこちに転がり、鉛筆立てになったり、子供の物入れになったりした。

恵津子も子供たちも、東京土産のこのパイが大好きだった。

夫からの食事の誘いは突然の気まぐれで、それまではそんなことを言われたこともなかった恵津子は戸惑った。

秋にあった東京オリンピックのにぎやかさはよく知っていた。夫はその期間にも東京に出張があり、オリンピックの盛り上がりを間近で見たとあって、恵津子は「羨ましい」とよく口にしていた。

夫が恵津子を誘ったのは、その時のことを覚えていたからかもしれない。「私も行ってみたい」とあの頃、恵津子は確かに言った。

しかし、それは秋の初めのことで、オリンピックも終わってしまった今になって誘ってくるなんて、実にこの人らしい間の悪いことだ、と恵津子は呆れた。しかし、この機会を逃したら、夫が次に気まぐれを言ってくれるのがいつになるやらわからない。では、次の出張には一緒に東京に連れていってほしい、と夫に頼んだ。

子供を恵津子の実家に預け、二人きりの一泊二日の小旅行は、恵津子にとっては大冒険だった。

まず、子供を置いてきていることで、何か忘れ物でもしているような落ち着かない気持ちがする。夫と二人きりになるのは、子供が生まれてからは初めてのことだった。

日中に夫が仕事を終えた後、夜は、二人で一緒に食事をすることになっていた。

食事の場所はどこがいいか聞かれ、恵津子はそれに「東京會舘」と答えた。レストランがあるのかどうかすら知らなかったが、東京で行ってみたい場所といったらそこしか思いつかなかった。パイの缶に書かれた文字。中に入っていた青い和紙でくるまれた保存用乾燥剤の袋にさえ、「東京會舘」の字は刻まれていた。

夫はちゃんと、連れていってくれた。

素敵な場所に行くのだろうから、と柄物のワンピースと帽子を身につけて、ドキドキしながら東京會舘に向かう。

初めて入る東京會舘は、まず、玄関の荘厳な雰囲気に圧倒された。こんなところに来てしまって場違いではないかと立ち尽くす自分の前で、夫は慣れているのか堂々と短い階段を上がり、恵津子に向けて「早くしなさい」と呼びかけてきた。

本格的なフランス料理など食べるのは初めてのことで、恵津子はレストランで席についてからも終始どぎまぎしていた。

結婚して、初めてのおしゃれな食事だった。

「イル・ド・フランス」という名のレストランは、東京オリンピックにゆかりのある店だったと初めて知り、そのこともオリンピックの名残として感じられ、とても嬉しかった。赤と緑の縞模様の立派な椅子に座ると、胸が高鳴った。

ワインをお願いしたらソムリエの方が来られ、ワインの栓を抜いた。その栓を渡された夫が匂いを嗅ぎ、無言で頷くと、次は試飲のグラスを渡され、夫はそれもハイと言うように首を縦に振った。

恵津子はその仕草を見て、夫が場馴れしていることに驚いた。家ではまったくそんな様子を見せないが、この人は確かに外でこんなふうな物腰で仕事をしているのだと思えた。

やっと二人でワインを飲み、食事も終わり、今度は夫がたばこを吸おうとすると、またすばやく人がやってきて、さっと火をつけてくださった。

緊張したまま、それでもおいしい食事を堪能した後は、肩から少し力が抜けた。いい気分のまま店を出た恵津子はロビーの途中で足を止めた。土産の菓子を売る店が、食事を終えた後の時間でもまだ開いていたからだ。

「寄っていきたい」という恵津子の頼みを、この時も夫は聞いてくれた。

いつも夫が買ってくれているチーズパイの丸い缶がいくつも並んでいる。実際にこれを売っているところを見られる日が来るとは思っていなかった恵津子は、とても嬉しかった。

それと同時に、パイの他にもおいしそうなクッキーがたくさん並んでいるのを見て驚いた。自分や子供に他のものもお土産にするという発想がこれまでなかった夫に呆れ、つい、睨んでしまう。

「知らなかった。パイの他にもこんなにいっぱいおいしそうなクッキーがあったなんて。あなた、いつもチーズのパイ以外買ってきてくれないから」

「だって、おまえも子供たちもそれが好きじゃないか」

二人でそんなふうに話していると、店員さんから「パピヨンをおのぞみですか」と声をかけられた。

「お包みいたしますよ。會舘へはお食事ですか？」

「……ええ。私たち、初めて一緒に東京に来たんですけれど、あの、子供を預けて、やってきて」

答えて、しばらく話していると、今度は店員さんではない、店内に入ってきた初老の、別のお客から「あの」と、さらに声をかけられた。

体の大きな、不思議な風格のある人だった。偉い会社の役員、と言われてもおかしくなさそうな風貌で、最初何事かと思ったが、その人からも、パイのことを尋ねられた。

「では、パイをきっかけに會舘に」

「はい。恥ずかしながらお土産のパイをきっかけに、こちらを知りました。おかげで、今日は素敵なレストランにまで来られて本当によかったです」

答えると、その人は静かに頷き、それから「いきなり失礼しました。どうもありがとう」と言って、売店を出て行ってしまった。

店を出たその人を、フロアにいた別のボーイさんが「勝目先生」と呼ぶのが聞こえた。あの人もここのお菓子が好きなのかなぁと思っていた恵津子たちに、売店の店員さんが教えてくれる。

「今の人は、ここで製菓部長をされていた人なんです。このパイも、あの人が作りました」

「ええっ⁉」

それは恵津子にも夫にも思いがけないことだった。とても驚いたが、嬉しかった。大好きなパイの生みの親に会えるなんて、自分たちはとてもツイていると思った。

パイと、ガトーと呼ばれるクッキー、ガトーアナナというパイナップルのケーキを買って、丸の内の街に出る。

「レストランの食事、とてもおいしかったわ」と答える恵津子に、夫がその時、「緊張したよ」と答えた。

「え？」

物怖じせず、ソムリエに応じていたように見えたのに――と目を見開く恵津子に、夫がさらに「緊張した」と繰り返す。

「慣れないことはするもんじゃないな。うまくやれているかどうかわからなくて、途中のステーキは味がよくわからなかった」

「あなたは東京育ちだから、慣れているかと思った」

「そんなわけあるか。こんないい店には滅多に来ないのに」

夫の言葉に恵津子は驚き、それから一瞬の間をおいて、大笑いした。

なぁんだ、と思う。ちょっとは恰好のええ主人と思ったのに、そんなことだったとは。

十二月の東京會舘は、フロアに大きなツリーが飾ってあった。振り返れば、玄関越しにまだその明るさが確認できる。

夫の腕に手を通し、二人で、まるで新婚時代のように腕を組む。普段だったら互いに照れくさいそんなことが、今日はどちらからともなく自然とできた。

昭和三十九年十二月。

東京會舘のパイに始まる、恵津子の大切な食事の思い出だ。

イラスト　佐伯佳美
デザイン　野中深雪

本書は、丸の内に実在する東京會舘の歴史を下敷きとしたフィクションです。
『サンデー毎日』二〇一四年六月八日号～二〇一四年十二月二十八日号に連載された「東京會舘とわたし」に加筆修正を施しました。

単行本　二〇一六年八月　毎日新聞出版刊

JASRAC 出　1907640-901

文春文庫

東京會舘とわたし　（上）旧館

定価はカバーに表示してあります

2019年9月10日　第1刷

著　者　辻村深月
発行者　花田朋子
発行所　株式会社 文藝春秋

東京都千代田区紀尾井町 3-23　〒102-8008
TEL 03・3265・1211㈹
文藝春秋ホームページ　http://www.bunshun.co.jp

落丁、乱丁本は、お手数ですが小社製作部宛お送り下さい。送料小社負担でお取替致します。

印刷・萩原印刷　製本・加藤製本

Printed in Japan
ISBN978-4-16-791342-7

（　）内は解説者。品切の節はご容赦下さい。

高杉　良
辞令
大手メーカー宣伝部副部長の広岡修平に、突然身に覚えのない左遷辞令が下る。背後に蠢く陰謀の影。敵は同期か、茶坊主幹部か、それとも……。広岡の戦いが始まる！（加藤正文）
た-72-5

筒井康隆
壊れかた指南
猫が、タヌキが、妻が、編集者が壊れ続ける！　ラストが絶対読めない、天才作家の悪魔的なストーリーテリングが堪能できる短篇集。（福田和也）
つ-1-15

筒井康隆
繁栄の昭和
迷宮殺人の現場にいた小人、人工臓器を体内に入れた科学探偵、ツツイヤスタカを想起させる俳優兼作家……。奇想あふれる妖しげな世界！　文壇のマエストロ、最新短篇集。（松浦寿輝）
つ-1-18

辻原　登
遊動亭円木
真打ちを目前に盲となった噺家の円木、池にはまって死んだはずが……。うつつと幻、おかしみと残酷さが交差する、軽妙で冷やりと怖い傑作人情噺十篇。谷崎潤一郎賞受賞。（堀江敏幸）
つ-8-4

辻　仁成
ＴＯＫＹＯデシベル
騒音測定人、テレクラ嬢、レコード会社ディレクター……都会に潜む音・声、そして愛を追い求める人々。音をモチーフに、都市をさまよう青年の真情を描破した辻仁成・音の三部作完結。
つ-12-4

辻　仁成
永遠者
19世紀末パリ、若き日本人外交官コウヤは踊り子カミーユと激しい恋に落ちる。〈儀式〉を経て永遠の命を手にいれた二人は激動の歴史の渦に呑み込まれていく。渾身の長篇。（野崎　歓）
つ-12-7

辻村深月
水底フェスタ
彼女は復讐のために村に帰って来た――過疎の村に帰郷した女優・由貴美。彼女との恋に溺れた少年は彼女の企みに引きずり込まれる。待ち受ける破滅を予感しながら…。（千街晶之）
つ-18-2

（　）内は解説者。品切の節はご容赦下さい。

辻村深月
鍵のない夢を見る
どこにでもある町に住む女たち——盗癖のある母を持つ娘、婚期を逃した女の焦り、育児に悩む若い母親……私たちの心にさしこむ影と、ひと筋の希望の光を描く短編集。直木賞受賞作。
つ-18-3

津原泰水
たまさか人形堂それから
マーカーの汚れがついたリカちゃん人形はもとに戻る？　髪が伸びる市松人形？　盲目のコレクターが持ち込んだ人形の真贋は？　人形と人間の不思議を円熟の筆で描くシリーズ第二弾。
つ-19-2

堂場瞬一
虚報
有名教授が主宰するサイトとの関連が疑われる連続自殺事件。それを追う新聞記者がはまった思わぬ陥穽。新聞報道の最前線を活写した怒濤のエンターテインメント長編。（青木千恵）
と-24-4

中島らも
永遠（とわ）も半ば（なか）を過ぎて
ユーレイが小説を書いた？　三流詐欺師が写植技師と組み出版社に持ち込んだ謎の原稿。名作の誕生だ。これが文壇の大事件となって……。輪舞する喜劇。痛快らもワールド！（山内圭哉）
な-35-1

中島京子
小さいおうち
昭和初期の東京、女中タキは美しい奥様を心から慕う。戦争の影が濃くなる中での家庭の風景や人々の心情。回想録に秘めた思いと意外な結末が胸を衝く、直木賞受賞作。（対談・船曳由美）
な-68-1

中島京子
のろのろ歩け
台北、北京、上海。ふとした縁で航空券を手にし、忘れられぬ旅の光景を心に刻みこまれる三人の女たち。人生のターニングポイントにたつ彼女らをユーモア溢れる筆致で描く。（酒井充子）
な-68-2

七月隆文
天使は奇跡を希（こいねが）う
良史の通う今治の高校にある日、本物の天使が転校してきた。正体を知った彼は幼馴染たちと彼女を天国へかえそうとするが。天使の嘘を知った時、真実の物語が始まる。文庫オリジナル。
な-75-1

（　）内は解説者。品切の節はご容赦下さい。

小野一起
マネー喰い
金融記者極秘ファイル
ネタ元との約束を守って「特落ち」に追い込まれたベテラン記者・山沢勇次郎。謎のリークが記者たちを翻弄する中、メガバンクの損失隠しをめぐる怒濤の闘いが始まった！　（佐藤　優）
お-66-1

太田紫織
あしたはれたら死のう
自殺未遂の結果、数年分の記憶と感情の一部を失った遠子。その時に亡くなった同級生の少年・志信と自分はなぜ死を選んだのか——遠子はＳＮＳの日記を唯一の手がかりに謎に迫るが。
お-69-1

勝目　梓
あしあと
記憶の封印が解かれる時、妖しく危うい官能の扉が開く。この世に起こり得ない不思議。倒錯の愛。夢とも現実ともつかぬ時空を往来しながら描く、円熟の傑作短篇十篇。　（逢坂　剛）
か-11-4

角田光代
ツリーハウス
じいさんが死んだ夏、孫の良嗣は自らのルーツを探るべく、祖父母が出会った満州へ旅に出る。昭和と平成の世相を背景に描く、一家三代のクロニクル。伊藤整文学賞受賞作。　（野崎　歓）
か-32-9

角田光代
かなたの子
生まれなかった子に名前などつけてはいけない——人々の間に昔から伝わる残酷で不気味な物語が形を変えて現代に甦る。時空を超え女たちを描く泉鏡花賞受賞の傑作短編集。（安藤礼二）
か-32-10

加納朋子
モノレールねこ
デブねこを介して始まった「タカキ」との文通。しかし、そのネコが車に轢かれ、交流は途絶えるが……。表題作「モノレールねこ」ほか、普段は気づかない大切な人との絆を描く八篇。（吉田伸子）
か-33-3

（　）内は解説者。品切の節はご容赦下さい。

加納朋子
少年少女飛行倶楽部
中学一年生の海月が入部した「飛行クラブ」。二年生の変人部長・神ことカミサマをはじめとするワケあり部員たちは果たして空に舞い上がれるのか？　空とぶ傑作青春小説！　（金原瑞人）
か-33-4

加納朋子
螺旋階段のアリス
憧れの私立探偵に転身を果たしたものの依頼は皆無、事務所で暇をもてあます仁木順平の前に、白い猫を抱いた美少女・安梨沙が迷いこんでくる。心温まる7つの優しい物語。　（藤田香織）
か-33-6

加納朋子
虹の家のアリス
心優しき新米探偵・仁木順平と聡明な美少女・安梨沙。『不思議の国のアリス』を愛する二人が営む小さな事務所に持ちこまれる6つの奇妙な事件。そして安梨沙の決意とは。　（大矢博子）
か-33-7

加納朋子
トオリヌケ キンシ
外に出られないヒキコモリのオレが自由を満喫できるのはただ夢の世界だけ——。不平等で不合理な世界だけど、出口はある。かならず、どこかに。6つの奇跡の物語。　（東　えりか）
か-33-8

海堂　尊
ひかりの剣
覇者は外科の世界で大成するといわれる医学部剣道部の「医鷲旗」大会。そこで、東城大・速水と、帝華大・清川による伝説の闘いがあった。『チーム・バチスタ』シリーズの原点！　（國松孝次）
か-50-1

壁井ユカコ
サマーサイダー
廃校になった中学の最後の卒業生、幼なじみのミズ、誉、悠の間には誰にも言えない秘密があった。高校生になり互いへの気持ちに揺らぐ彼らを一年前の罪が追いつめてゆく——。　（瀧井朝世）
か-66-1

北方謙三
杖下（じょうか）に死す
剣豪・光武利之が、私塾を主宰する大塩平八郎の息子、格之助と出会ったとき、物語は動き始める。幕末前夜の商都・大坂を舞台に至高の剣と男の友情を描ききった歴史小説。　（末國善己）
き-7-10

（　）内は解説者。品切の節はご容赦下さい。

坂木 司
ウィンター・ホリデー
冬休みに再び期間限定の大和と進の親子生活が始まるが、クリスマス、正月、バレンタインとイベント続きのこの季節はトラブルも続出……。大人気「ホリデー」シリーズ第二弾。（吉田伸子）
さ-49-2

坂木 司
ホリデー・イン
おかまのジャスミンが拾った謎の男の正体。完璧すぎるホスト・雪夜がムカつく相手――大和と進親子を取り巻く仕事仲間たちの〝事情〟を紡ぐ、六つのサイドストーリー。（藤田香織）
さ-49-3

桜庭一樹
私の男
落魄した貴族のようにどこか優雅な淳悟は、孤児となった花を引き取る。内なる空虚を抱えて、愛に飢えた親子が超えた禁忌を圧倒的な筆力で描く第138回直木賞受賞作。（北上次郎）
さ-50-1

桜庭一樹
荒野（こうや）
恋愛小説家の父と鎌倉で暮らす少女・荒野。父の再婚、同級生からの告白、新たな家族の誕生……。十二～十六歳、少女の四年間を瑞々しく描いた成長物語が合本で一冊に。（吉田伸子）
さ-50-8

桜庭一樹
ほんとうの花を見せにきた
中国の山奥から来た吸血種族バンブーは人の姿だが歳を取らない。マフィアに襲われた少年を救ったバンブーが掟を破って人間との同居生活を始めるが。郷愁誘う青春小説。（金原瑞人）
さ-50-9

桜木紫乃
ブルース
貧しさから這い上がり夜の支配者となった男。彼は外道を生きる孤独な男か？　女たちの夢の男か？　謎の男をめぐる八人の女の物語。著者の新境地にして釧路ノワールの傑作。（壇　蜜）
さ-56-3

柴田よしき
風味さんのカメラ日和
地元に戻った風味が通うカメラ教室の講師・知念は天然なイケメン。だが、彼は受講生たちの迷える心を解きほぐしていく。「カメラ撮影用語解説」も収録した書き下ろしカメラ女子小説。
し-34-17

（　）内は解説者。品切の節はご容赦下さい。

柴田よしき
輝跡
才能に恵まれながら、家庭の事情で一度は夢をあきらめた北澤宏太は育成ドラフトを経て、プロ野球選手になる。元恋人、記者、妻——一人の野球選手をめぐる女性群像物語。（和田　豊）
し-34-18

重松　清
きみ去りしのち
幼い息子を喪った父。〈その日〉をまえにした母に寄り添う少女。この世の彼岸の圧倒的な風景に向き合いながら、ふたりの巡礼の旅はつづく。鎮魂と再生への祈りを込めた長編小説。
し-38-13

重松　清
また次の春へ
同じ高校に合格したのに、浜で行方不明になった幼馴染み。彼の部屋を片付けられないお母さん。突然の喪失を前に、迷いながら、泣きながら、一歩を踏みだす、鎮魂と祈りの七篇。
し-38-14

朱川湊人（みなと）
都市伝説セピア
〃都市伝説〃に憑かれ、自らその主役になろうとする男の狂気を描く「フクロウ男」、親友を事故で失った少年が時間を巻き戻そうとする「昨日公園」などを収録したデビュー作。（石田衣良）
し-43-1

朱川湊人
花まんま
幼い妹が突然誰かの生まれ変わりと言い出す表題作の他、昭和三、四十年代の大阪の下町を舞台に不思議な出来事をノスタルジックな空気感で情感豊かに描いた直木賞受賞作。（重松　清）
し-43-2

朱川湊人
いっぺんさん
一度だけ何でも願いを叶えてくれる神様を探しに行った少年たちのその後の顚末を描いた表題作「いっぺんさん」他、懐かしさと恐怖が融合した小さな奇跡を集めた短篇集。（金原瑞人）
し-43-4

朱川湊人
サクラ秘密基地
仲良し四人組の少年が作った秘密基地の思い出が涙を誘う表題作ほか、〈写真〉をキーワードに、甘い郷愁と残酷な記憶が織りなす、哀切に満ちた六篇。（メッセンジャー・黒田有）
し-43-6

文春文庫　最新刊